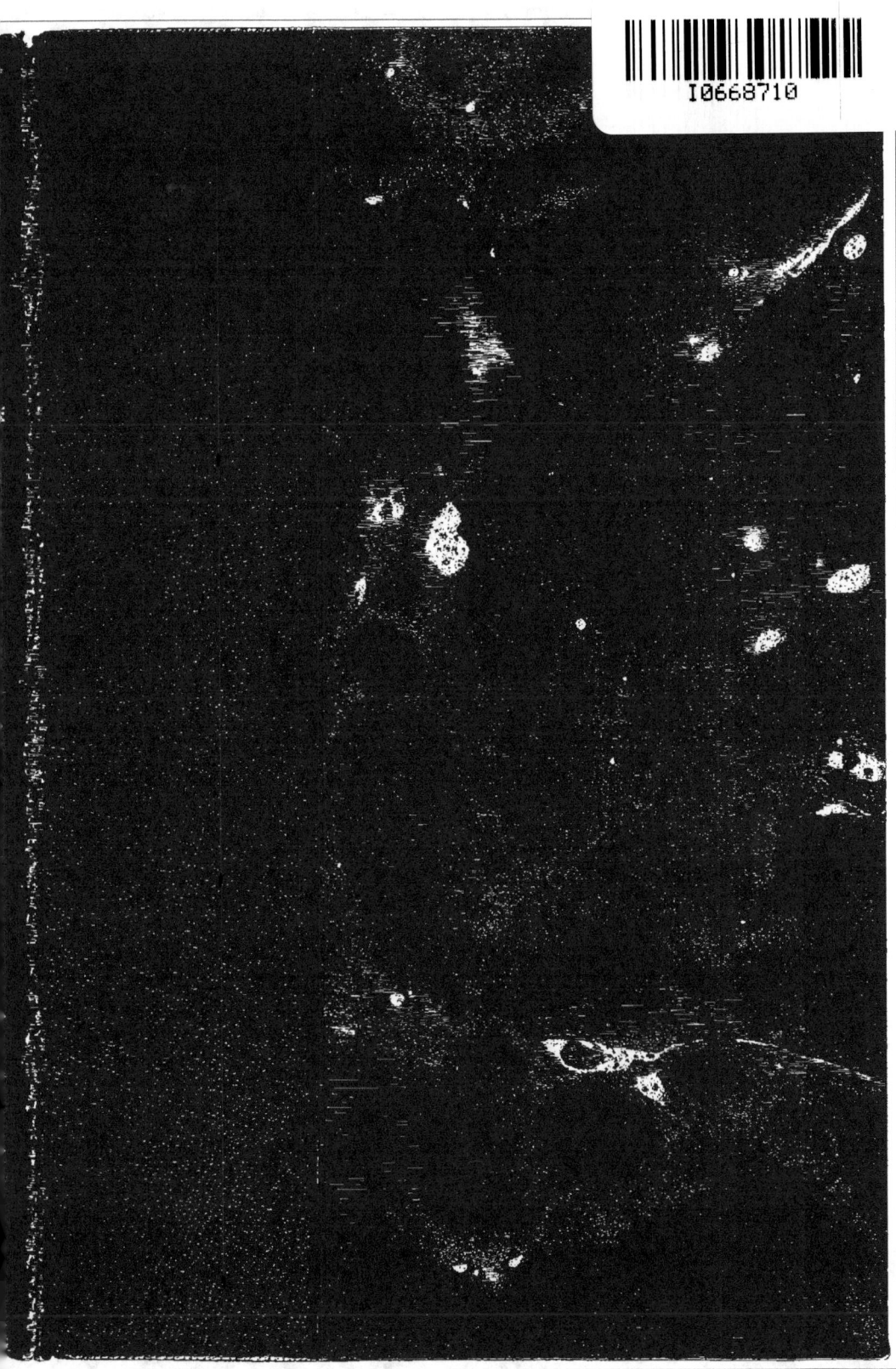

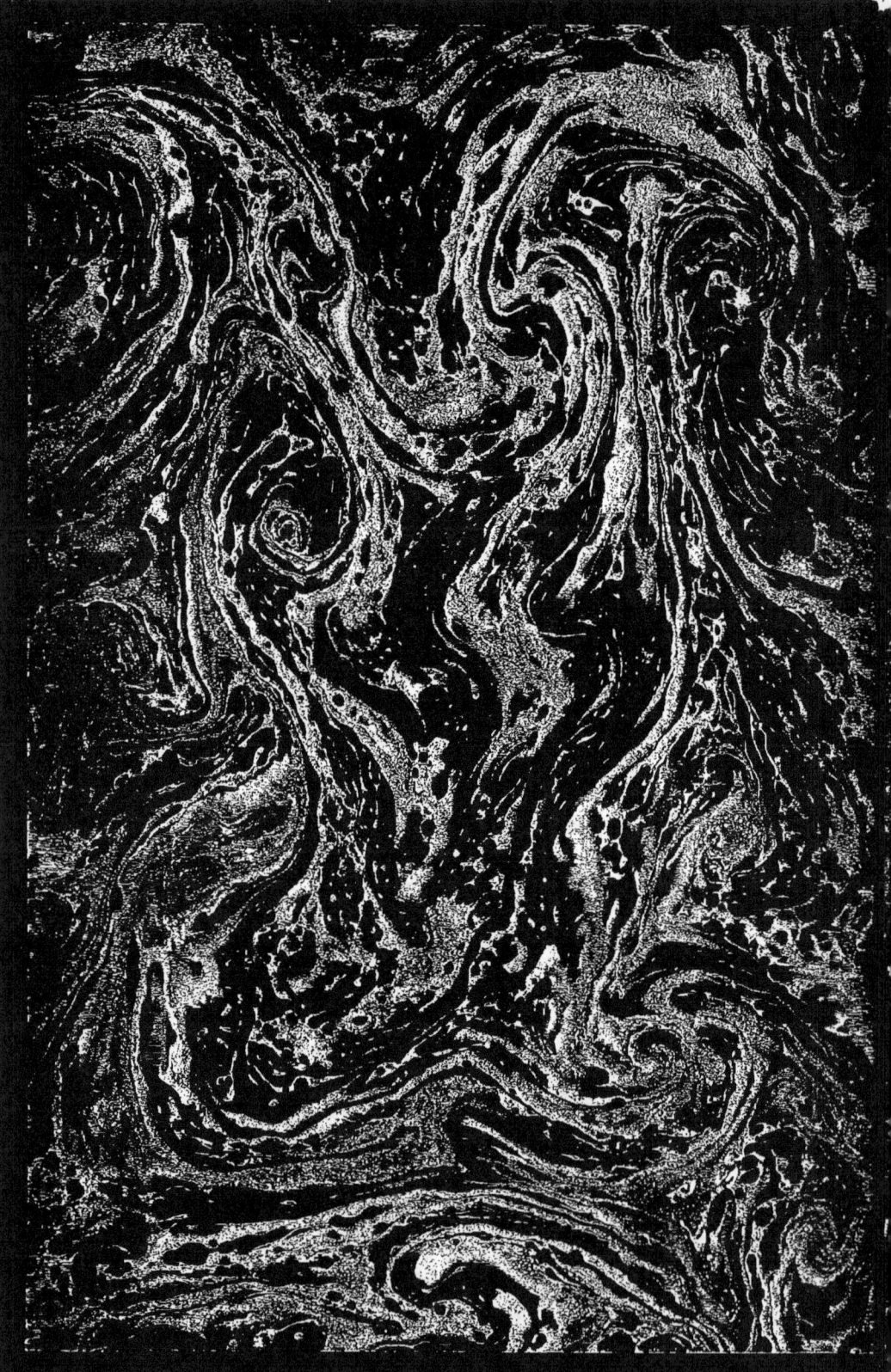

E. LABICHE & MARC-MICHEL

UN CHAPEAU

DE

PAILLE D'ITALIE

COMÉDIE

PARIS

CALMANN LÉVY, ÉDITEUR

3, RUE AUBER, 3

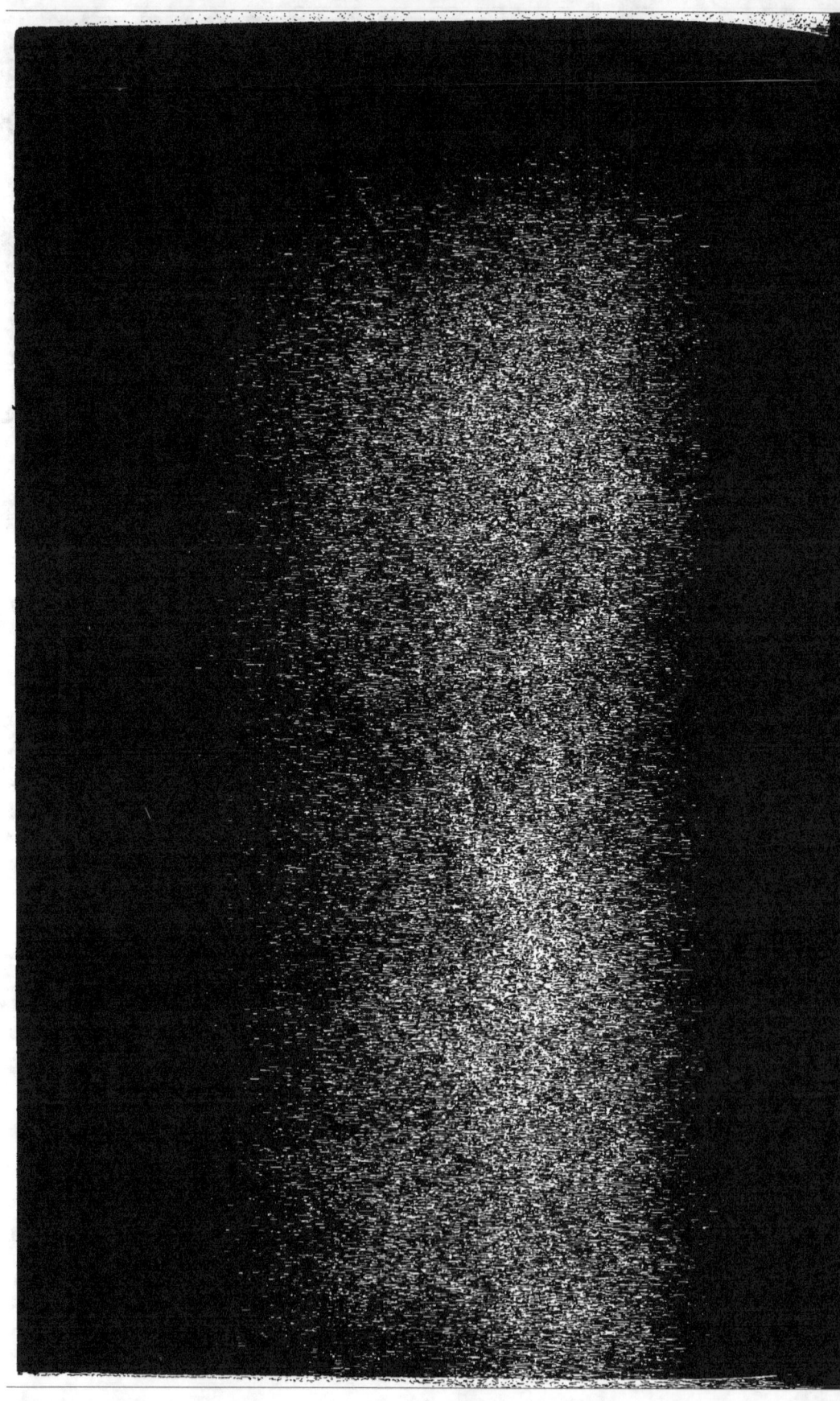

UN
CHAPEAU DE PAILLE D'ITALIE

COMÉDIE

Représentée pour la première fois, à Paris, sur le Théâtre
de la MONTANSIER. le 14 août 1851.

UN CHAPEAU
DE PAILLE D'ITALIE

COMÉDIE

EN CINQ ACTES, MÊLÉE DE CHANTS

PAR

E. LABICHE ET MARC-MICHEL

PARIS
CALMANN LÉVY, ÉDITEUR
3, RUE AUBER, 3

—

PERSONNAGES

	ACTEURS qui ont créé les rôles.
FADINARD, rentier.	MM. RAVEL.
NONANCOURT, pépiniériste.	GRASSOT.
BEAUPERTHUIS.	LHÉRITIER.
VÉZINET, sou d.	AMANT.
TARDIVEAU, teneur de livres.	KALEKAIRE.
BOBIN, neveu de Nonancourt.	SCHEY.
ÉMILE TAVERNIER, lieuten nt.	VALAIRE.
FÉLIX, domestique de Fadinard.	AUGUSTIN.
ACHILLE DE ROSALBA, jeune lion.	LACOURIÈRE.
HÉLENE, fille de Nonancourt.	Mlle CHAUVIÈRE.
ANAIS, femme de Beaupertuis.	Mme BERGER.
LA BARONNE DE CHAMPIGNY.	Mlles PAULINE.
CLARA, modiste.	AZIMONT.
VIRGINIE, bonne chez Beauperthuis.	GALLOIS.
UNE FEMME DE CHAMBRE DE LA BARONNE.	CHOLLET.
UN CAPORAL.	MM. FLORIDOR.
UN DOMESTIQUE.	ANDRIEUX.

INVITÉS DES DEUX SEXES. — GENS DE LA NOCE.

La scène est à Paris.

———————

UN
CHAPEAU DE PAILLE D'ITALIE

ACTE PREMIER.

(CHEZ FADINARD)

Un salon octogone. — Au fond, porte à deux battants s'ouvrant sur la scène. — Une porte dans chaque pan coupé. — Deux portes aux premiers plans latéraux. — A gauche, contre la cloison, une table avec tapis, sur laquelle est un plateau portant carafe, verre, sucrier. — Chaises.

SCÈNE PREMIÈRE.

VIRGINIE, FÉLIX.

VIRGINIE, à Félix, qui cherche à l'embrasser.

Non, laissez-moi, monsieur Félix!... je n'ai pas le temps de jouer.

FÉLIX.

Rien qu'un baiser?

VIRGINIE.

Je ne veux pas!...

FÉLIX.

Puisque je suis de votre pays !... je suis de Rambouillet...

VIRGINIE.

Ah ! ben ! s'il fallait embrasser tous ceux qui sont de
Rambouillet !...

FÉLIX.

Il n'y a que quatre mille habitants.

VIRGINIE.

Il ne s'agit pas de ça... M. Fadinard, votre bourgeois,
se marie aujourd'hui... vous m'avez invitée à venir voir la
corbeille... voyons la corbeille !...

FÉLIX.

Nous avons bien le temps... Mon maître est parti, hier
soir, pour aller signer son contrat chez le beau-père... il ne
revient qu'à onze heures, avec toute sa noce, pour aller à
la mairie.

VIRGINIE.

La mariée est-elle jolie ?

FÉLIX.

Peuh !... je lui trouve l'air godiche ; mais elle est d'une
bonne famille... c'est la fille d'un pépiniériste du Charentonneau... le père Nonancourt.

VIRGINIE.

Dites donc, monsieur Félix... si vous entendez dire qu'on
ait besoin d'une femme de chambre... pensez à moi.

FÉLIX.

Vous voulez donc quitter votre maître... M. Bauperthuis ?

VIRGINIE.

Ne m'en parlez pas... c'est un acariâtre, premier numéro... Il est grognon, maussade, sournois, jaloux... et sa femme donc !... certainement, je n'aime pas à dire du mal des maîtres...

FÉLIX.

Oh ! non !...

VIRGINIE.

Une chipie! une bégueule, qui ne vaut pas mieux qu'une autre.

FÉLIX

Parbleu !

VIRGINIE.

Dès que monsieur part... crac! elle part... et où va-t-elle?... elle ne me l'a jamais dit... jamais!..

FÉLIX.

Oh ! vous ne pouvez pas rester dans cette maison-là.

VIRGINIE, baissant les yeux.

Et puis, ça me ferait tant de plaisir de servir avec quelqu'un de Rambouillet...

FÉLIX, l'embrassant.

Seine-et-Oise !

SCÈNE II.

VIRGINIE, FÉLIX, VÉZINET.

VÉZINET, entrant par le fond; il tient un carton à chapeau de femme.

Ne vous dérangez pas... c'est moi, l'oncle Vézinet... La noce est-elle arrivée?

FÉLIX, d'un air aimable.

Pas encore, aimable perruque !...

VIRGINIE, bas.

Qu'est-ce que vous faites donc?

FÉLIX.

Il est sourd comme un pot... vous allez voir... (A Vézinet.)
Nous allons donc à la noce, joli jeune homme?... Nous
allons donc pincer un rigodon?... Si ça ne fait pas pitié!...
(Il lui offre une chaise.) Allez donc vous coucher.

VÉZINET.

Merci, mon ami, merci!... J'ai d'abord cru que le ren-
dez-vous était à la mairie; mais j'ai appris que c'était ici;
alors, je suis venu ici.

FÉLIX.

Oui! M. de la Palisse est mort... est mort de maladie...

VÉZINET.

Non pas à pied, en fiacre! (Remettant son carton à Virginie.)
Tenez, portez ça dans la chambre de la mariée... c'est
mon cadeau de noces... Prenez garde... c'est fragile!...

VIRGINIE, à part.

Je vais profiter de ça pour voir la corbeille... (Saluant
Vézinet.) Adieu, amour de sourd!...

         Elle entre à gauche, deuxième porte, avec le carton.

VÉZINET.

Elle est gentille, cette petite... Eh! eh! ça fait plaisir de
rencontrer un joli minois.

FÉLIX, lui offrant une chaise.

Par exemple!... à votre âge!... ça va finir!... gros farceur, ça va finir!...

VÉZINET, assis à gauche.

Merci!... (A part.) Il est très-convenable, ce garçon...

SCÈNE III.

VÉZINET, FADINARD, FÉLIX.

FADINARD, entrant par le fond et parlant à la cantonade.

Dételez le cabriolet !... (En scène.) Ah ! voilà une aventure !... ça me coûte vingt francs, mais je ne les regrette pas... Félix !...

FÉLIX.

Monsieur !...

FADINARD.

Figure-toi...

FÉLIX.

Monsieur arrive seul ?... et la noce de monsieur ?...

FADINARD.

Elle est en train de s'embarquer à Charentonneau... dans huit fiacres... J'ai pris les devants pour voir si rien ne cloche dans mon nid conjugal... Les tapissiers ont-ils fini ?... A-t-on apporté la corbeille, les cadeaux de noce ?...

FÉLIX, indiquant la chambre du deuxième plan à gauche

Oui, monsieur... tout est là dans la chambre...

FADINARD.

Très-bien !... Figure-toi que, parti ce matin à huit heures de Charentonneau...

VÉZINET, à lui-même.

Mon neveu se fait bien attendre...

FADINARD, apercevant Vézinet.

L'oncle Vézinet !... (A Félix.) Va-t'en !... j'ai mieux que

toi!... (Félix se retire au fond; commençant son récit.) Figurez-vous que, parti...

VÉZINET.

Mon neveu, permettez-moi de vous féliciter...

Il cherche à embrasser Fadinard.

FADINARD.

Hein ?... quoi ?... Ah ! oui... (Ils s'embrassent, à part.) On s'embrasse énormément dans la famille de ma femme !... (Haut, reprenant le ton du récit.) Parti ce matin à huit heures de Charentonneau...

VÉZINET.

Et la mariée ?...

FADINARD.

Oui... elle me suit de loin... dans huit fiacres... (Reprenant.) Parti ce matin à huit heures de Charentonneau...

VÉZINET.

Je viens d'apporter mon cadeau de noces...

FADINARD, lui serrant la main.

C'est gentil de votre part... (Reprenant son récit.) J'étais dans mon cabriolet... je traversais le bois de Vincennes....tout à coup je m'aperçois que j'ai laissé tomber mon fouet...

VÉZINET.

Mon neveu, ces sentiments vous honorent.

FADINARD.

Quels sentiments !... Ah ! sapristi ! j'oublie toujours qu'il est sourd !... ça ne fait rien... (Continuant.) Comme le manche est en argent, j'arrête mon cheval et je descends... A cent pas de là, je l'aperçois dans une touffe d'orties... je me pique les doigts.

VÉZINET.

J'en suis bien aise

FADINARD.

Merci !... je retourne... plus de cabriolet !... mon cabriolet avait disparu !...

FÉLIX, redescendant.

Monsieur a perdu son cabriolet ?...

FADINARD, à Félix.

Monsieur Félix, je cause avec mon oncle qui ne m'entend pas... Je vous prie de ne pas vous mêler à ces épanchements de famille.

VÉZINET.

Je dirai plus : les bons maris font les bonnes femmes.

FADINARD.

Oui... turlututu !... ran plan plan !... Mon cabriolet avait disparu... Je questionne, j'interroge... On me dit qu'il y en a un d'arrêté au coin du bois... J'y cours, et qu'est-ce que je trouve ?... Mon cheval en train de mâchonner une espèce de bouchon de paille, orné de coquelicots... Je m'approche... aussitôt une voix de femme part de l'allée voisine, et s'écrie : « Ciel !... mon chapeau !... » Le bouchon de paille était un chapeau !... Elle l'avait suspendu à un arbre, tout en causant avec un militaire...

FÉLIX, à part.

Ah ! ah ! c'est cocasse !...

FADINARD, à Vézinet.

Entre nous, je crois que c'est une gaillarde...

VÉZINET.

Non, je suis de Chaillot... j'habite Chaillot.

FADINARD.

Turlututu !... ran plan plan !...

VÉZINET.

Près de la pompe à feu !...

1.

FADINARD.

Oui, c'est convenu !... J'allais présenter mes excuses à
cette dame et lui offrir de payer le dommage, lorsque ce
militaire s'interpose... une espèce d'Africain rageur... Il
commence par me traiter de petit criquet !... sapristi !...
la moutarde me monte au nez... et, ma foi, je l'appelle
Beni-zoug-zoug !... Il s'élance sur moi... je fais un bond...
et je me trouve dans mon cabriolet... la secousse fait partir mon cheval... et me voilà !... Je n'ai eu que le temps
de lui jeter une pièce de vingt francs pour le chapeau...
ou de vingt sous !... car je ne suis pas fixé... Je verrai ça,
ce soir, en faisant ma caisse... (Tirant de sa poche un fragment
de chapeau de paille, orné de coquelicots.) Voilà la monnaie de
ma pièce ?...

VÉZINET, prenant le morceau de chapeau et l'examinant

La paille est belle !...

FADINARD.

Oui, mais trop chère la botte !...

VÉZINET.

Il faudrait chercher longtemps avant de trouve un
chapeau pareil... j'en sais quelque chose.

FÉLIX, qui s'est avancé et qui a pris le chapeau des mains de Vézinet

Voyons...

FADINARD.

Monsieur Félix, je vous prie de ne pas vous mêler à
mes épanchements de famille...

FÉLIX.

Mais, monsieur !...

FADINARD.

Silence, maroufle !... comme dit l'ancien répertoire.

Félix remonte.

VÉZINET.

Dites donc... à quelle heure va-t-on à la mairie?

FADINARD.

A onze heures!... onze heures!...

Il montre avec ses doigts.

VÉZINET.

On dînera tard... j'ai le temps d'aller prendre un riz **au** lait... vous permettez?...

Il remonte.

FADINARD.

Comment donc!... ça me fera extrêmement plaisir...

VÉZINET, revenant à lui pour l'embrasser.

Adieu, mon neveu!...

FADINARD.

Adieu, mon oncle... (A Vézinet, qui cherche à l'embrasser. Hein?... quoi?... Ah! oui... c'est un tic de famille. (Se laissant embrasser.) Là!... (A part.) Une fois marié, tu ne me pinceras pas souvent à jouer à ça... non... non...

VÉZINET.

Et l'autre côté?

FADINARD.

C'est ce que je disais... « Et l'autre côté? » (Vézinet l'embrasse sur l'autre joue.) Là...

ENSEMBLE.

AIR . *Quand nous sommes si fatigués.* (*Représentants en vacances.* Acte 1er.)

FADINARD.

Adieu, caressant pot-au-feu!
A ta déplorable manie
Je compte me soustraire un peu,
En revenant de la mairie.

VÉZINET.

Adieu, je reviens, cher neveu,
Avec la noce réunie,
Vous embrasser encore un peu,
Avant d'aller à la mairie.

Vézinet sort par le fond. Félix entre à gauche, deuxième plan, en
emportant le fragment de chapeau.

SCÈNE IV.

FADINARD, seul.

Enfin... dans une heure, je serai marié... je n'entendrai
plus mon beau-père me crier à chaque instant : « Mon
gendre, tout est rompu !... » — Vous êtes-vous trouvé quelquefois en relations avec un porc-épic ? Tel est mon beau-
père !... J'ai fait sa connaissance dans un omnibus... Son
premier mot fut un coup de pied... J'allais lui répondre
un coup de poing, quand un regard de sa fille me fit ouvrir la main... et je passai ses six gros sous au conduc-
teur... — Après ce service, il ne tarda pas à m'avouer
qu'il était pépiniériste à Charentonneau... — Voyez comme
l'amour rend ingénieux... Je lui dis : « Monsieur, ven-
dez-vous de la graine de carottes ? » — Il me répondit :
« Non, mais j'ai de bien beaux géraniums. » — Cette réponse fut un éclair. « Combien le pot ? — Quatre francs.
— Marchons ! » — Arrivés chez lui, je choisis quatre pots
(c'était justement la fête de mon portier), et je lui demande la main de sa fille. — « Qui êtes-vous ? — J'ai
vingt-deux francs de rente... — Sortez ! — Par jour ! —
Asseyez-vous donc ! » — Admirez-vous la laideur de son
caractère ! — A partir de ce moment, je fus admis à par-
tager sa soupe aux choux en compagnie du cousin Bobin,
un grand dadais qui a la manie d'embrasser tout le

monde.. surtout ma femme... — On me répond à ça :
« Bah ! ils ont été élevés ensemble ! » — ce n'est pas une
raison... Et une fois marié... — Marié ! ! ! (Au public.) Êtes-
vous comme moi ?... Ce mot me met une fourmi à chaque
pointe de cheveu... Il n'y a pas à dire... dans une heure,
je le serai... (Vivement.) marié !... J'aurai une petite femme à
moi tout seul !... et je pourrai l'embrasser sans que le
porc-épic que vous savez, me crie : « Monsieur, on ne
marche pas dans les plates-bandes ! » Pauvre petite
femme !... (Au public.) Eh bien, je crois que je lui serai fi-
dèle... parole d'honneur !... Non ?... Oh ! que si !... Elle
est si gentille, mon Hélène !... sous sa couronne de mariée !...

AIR : du *Serment.*

Connaissez-vous dans Barcelone,
Dans Barcelone !
Une Andalouse au teint bruni,
Au noir sourcil ?
Eh bien, ce portrait de lionne,
Ce portrait de fière amazone,
A l'œil hardi
Trop dégourdi...
N'est pas du tout celui de ma houri,
Non Dieu merci !
Et c'est heureux pour un futur mari.

Une rose... avec une couronne d'oranger... telle est la
lithographie de mon Hélène !... Je lui ai fait arranger un
appartement délicieux... Ici, ça n'est déjà pas mal... (Indiquant la gauche.) Mais par là, c'est délicieux... un paradis en
palissandre, — avec des rideaux chamois... C'est cher, mais
c'est joli ; un mobilier de lune de miel !... Ah ! je voudrais
qu'il fût minuit un quart !... — On monte !... c'est elle et
son cortége !... — Voilà les fourmis !... En veux-tu, des
fourmis ?...

SCÈNE V.

ANAIS, FADINARD, ÉMILE, en costume d'officier.

La porte s'ouvre; on voit en dehors une dame sans chapeau
et un officier.

ANAÏS, à Émile.

Non, monsieur Émile... je vous en prie...

ÉMILE.

Entrez, madame; ne craignez rien.

Ils entrent.

FADINARD, à part

La dame au chapeau et son Africain !... Sapristi !

ANAÏS, troublée.

Émile, pas de scandale !

ÉMILE.

Soyez tranquille !... je suis votre cavalier... (A Fadinard.)
vous ne comptiez pas nous revoir si tôt, monsieur ?...

FADINARD, avec un sourire forcé.

Certainement... votre visite me flatte beaucoup... mais
j'avoue qu'en ce moment.. (A part.) Qu'est-ce qu'ils me
veulent?...

ÉMILE, brusquement.

Offrez donc un siége à madame.

FADINARD, avançant un fauteuil.

Ah ! pardon... Madame désire s'asseoir ?... je ne savais
pas... (A part.) Et ma noce que j'attends...

Anais s'assoit

ÉMILE, s'asseyant à droite.

Vous avez un cheval qui marche bien, monsieur.

FADINARD.

Pas mal... Vous êtes bien bon... Est-ce que vous l'avez suivi à pied?

ÉMILE.

Du tout, monsieur : j'ai fait monter mon brosseur derrière votre voiture...

FADINARD.

Ah ! bah !... Si j'avais su !... (A part.) J'avais mon fouet..

ÉMILE, durement.

Si vous aviez su ?...

FADINARD.

Je l'aurais prié de monter dedans... (A part.) Ah ! mais... il m'agace, l'Africain !

ANAÏS.

Émile, le temps se passe, abrégeons cette visite.

FADINARD.

Je suis tout à fait de l'avis de madame... abrégeons... (A part.) J'attends ma noce.

ÉMILE.

Monsieur, vous auriez grand besoin de quelques leçons de savoir-vivre.

FADINARD, offensé.

Lieutenant ! (Émile se lève. Plus calme.) J'ai fait mes classes...

ÉMILE.

Vous nous avez quittés fort impoliment dans le bois de Vincennes.

FADINARD

J'étais pressé...

ÉMILE.

Et vous avez laissé tomber par mégarde, sans doute...
cette petite pièce de monnaie...

FADINARD, la prenant.

Vingt sous !... tiens ! c'était vingt sous !... Eh bien, je
m'en doutais... (Fouillant à sa poche.) C'est une erreur... je
suis fâché que vous ayez pris la peine... (Lui offrant une pièce
d'or.) Voilà !

ÉMILE, sans la prendre.

Qu'est-ce que c'est que ça ?

FADINARD.

Vingt francs, pour le chapeau...

ÉMILE, avec colère.

Monsieur !...

ANAÏS, se levant

Émile !

ÉMILE.

C'est juste ! j'ai promis à madame de rester calme...

FADINARD, fouillant de nouveau à sa poche.

J'ai cru que c'était le prix... Est-ce trois francs de plus?...
Je ne suis pas à ça près.

ÉMILE.

Il ne s'agit pas de ça, monsieur... Nous ne sommes pas
venus ici pour réclamer de l'argent.

FADINARD, très-étonné.

Non?... Eh bien,... mais alors... quoi?...

ÉMILE.

Des excuses, d'abord, monsieur... des excuses à madame.

FADINARD.

Des excuses, moi ?...

ANAÏS.

C'est inutile, je vous dispense...

ÉMILE.

Du tout, madame ; je suis votre cavalier..

FADINARD.

Qu'à cela ne tienne, madame... quoique, à vrai dire, ce ne soit pas moi personnellement qui aie mangé votre chapeau... Et encore, madame... êtes-vous bien sûre que mon cheval n'était pas dans son droit, en grignotant cet article de modes ?

ÉMILE.

Vous dites ?...

FADINARD.

Écoutez donc !... Pourquoi madame accroche-t-elle ses chapeaux dans les arbres ?... Un arbre n'est pas un champignon, peut-être !... Pourquoi se promène-t-elle dans les forêts avec des militaires ?... C'est très-louche, ça, madame...

ANAÏS.

Monsieur !...

ÉMILE, avec colère

Que voulez-vous dire ?

ANAÏS.

Apprenez que M. Tavernier...

FADINARD

Qui ça, Tavernier ?

ÉMILE, brusquement

C'est moi, monsieur !

ANAÏS.

Que M. Tavernier... est... mon cousin... Nous avons été élevés ensemble..

FADINARD, à part.

Je connais ça... c'est son Bobin.

ANAÏS.

Et si j'ai consenti à accepter son bras... c'est pour causer de son avenir... de son avancement... pour lui faire de la morale...

FADINARD.

Sans chapeau ?...

ÉMILE, soulevant une chaise et en frappant le parquet avec colère.

Morbleu !...

ANAÏS.

Émile !... pas de bruit !...

ÉMILE.

Permettez, madame...

FADINARD.

Ne cassez donc pas mes chaises !... (A part.) Je vais le flanquer du haut de l'escalier... Non... il pourrait tomber sur la tête de ma noce.

ÉMILE.

Abrégeons, monsieur...

FADINARD.

J'allais le dire... vous m'avez pris mon mot, j'allais le dire !

ÉMILE.

Voulez-vous, oui ou non, faire des excuses à madame?

FADINARD

Comment donc!... très-volontiers... Je suis pressé... Madame... veuillez, je vous prie, agréer l'assurance de la considération la plus distinguée... avec laquelle... Enfin, j'infligerai une volée à Cocotte.

ÉMILE.

Ça ne suffit pas.

FADINARD.

Non?... Je la mettrai aux galères à perpétuité.

ÉMILE, frappant du poing sur une chaise.

Monsieur!...

FADINARD.

Ne cassez donc pas mes chaises, vous!

ÉMILE.

Ce n'est pas tout!...

VOIX DE NONANCOURT, dans la coulisse.

Attendez-nous... nous redescendons...

ANAÏS, effrayée.

Ah! mon Dieu!... quelqu'un!...

FADINARD, à part.

Fichtre! le beau-père!... S'il trouve une femme ici... tout est rompu!...

ANAÏS, à part.

Surprise chez un étranger!... que devenir?... (Apercevant le cabinet de droite.) Ah!...

Elle y entre.

FADINARD, courant à elle.

Madame, permettez... (Courant à Émile.) Monsieur...

ÉMILE, entrant à gauche, premier plan.

Renvoyez ces gens-là... nous reprendrons cet entretien.

FADINARD, fermant la porte sur Émile et apercevant Nonancourt
qui entre au fond.

Il était temps !!!

SCÈNE VI.

FADINARD, NONANCOURT, HÉLÈNE, BOBIN.

Ils sont tous en costume de noce. — Hélène porte la couronne et le
bouquet de mariée.

NONANCOURT.

Mon gendre, tout est rompu !... vous vous conduisez
comme un paltoquet...

HÉLÈNE.

Mais, papa...

NONANCOURT.

Silence, ma fille !

FADINARD.

Mais qu'est-ce que j'ai fait ?

NONANCOURT.

Toute la noce est en bas... Huit fiacres...

BOBIN.

Un coup d'œil magnifique !

FADINARD.

Eh bien ?

NONANCOURT.

Vous deviez nous recevoir au bas de l'escalier...

BOBIN.

Pour nous embrasser.

NONANCOURT.

Faites des excuses à ma fille...

HÉLÈNE.

Mais, papa...

NONANCOURT.

Silence, ma fille !... (A Fadinard.) Allons, monsieur, des excuses !

FADINARD, à part.

Il paraît que je n'en sortirai pas. (Haut, à Hélène.) Mademoiselle, veuillez, je vous prie, agréer l'assurance de ma considération la plus distinguée...

NONANCOURT, l'interrompant.

Autre chose! — Pourquoi êtes-vous parti ce matin de Charentonneau sans nous dire adieu?...

BOBIN.

Il n'a embrassé personne !

NONANCOURT.

Silence, Bobin! (A Fadinard) Répondez!

FADINARD.

Dame, vous dormiez !

BOBIN.

Pas vrai! je cirais mes bottes.

NONANCOURT.

C'est parce que nous sommes des gens de la campagne des paysans!...

BOBIN, pleurant.

Des *pipiniéristes* !

NONANCOURT.

Ça n'en vaut pas la peine!

FADINARD, à part.

Hein ? comme le porc-épic se développe !

NONANCOUR1.

Vous méprisez déjà votre famille !

FADINARD.

Tenez, beau-père, purgez-vous... je vous assure que ça vous fera du bien !

NONANCOURT.

Mais le mariage n'est pas encore fait, monsieur... on peut le rompre...

BOBIN.

Rompez, mon oncle, rompez !

NONANCOURT.

Je ne me laisserai pas marcher sur le pied ! (Secouant son pied.) Cristi !

FADINARD.

Qu'est-ce que vous avez ?

NONANCOURT.

J'ai... des souliers vernis, ça me blesse, ça m'agace... ça me turlupine... (Secouant son pied.) Cristi !

HÉLÈNE.

Ça se fera en marchant, papa.

Elle tourne les épaules.

FADINARD, la regardant faire, et à part.

Tiens !... qu'est-ce qu'elle a donc ?

NONANCOURT.

A-t-on apporté un myrte pour moi ?

FADINARD.

Un myrte !... pour quoi faire ?

NONANCOURT.

C'est un emblème, monsieur...

FADINARD.

Ah !

NONANCOURT.

Vous riez de ça !... vous vous moquez de nous... parce que nous sommes des gens de la campagne... des paysans !...

BOBIN, pleurant.

Des *pipiniéristes !*

FADINARD.

Allez, allez !

NONANCOURT.

Mais ça m'est égal... Je veux le placer moi-même dans la chambre à coucher de ma fille, afin qu'elle puisse se dire... (Secouant son pied.) Cristi !

HÉLÈNE, à son père.

Ah ! papa, que vous êtes bon !

Elle tourne les épaules.

FADINARD, à part.

Encore !... ah çà ! mais c'est un tic... je ne l'avais pas remarqué...

HÉLÈNE.

Papa !

NONANCOURT.

Hein ?

HÉLÈNE.

J'ai une épingle dans le dos... ça me pique.

FADINARD

Je disais aussi...

BOBIN, vivement, retroussant ses manches.

Attendez, ma cousine...

FADINARD, l'arrêtant.

Monsieur, restez chez vous !

NONANCOURT.

Bah ! puisqu'ils ont été élevés ensemble...

BOBIN.

C'est ma cousine.

FADINARD.

Ça ne fait rien... on ne marche pas dans les plates-bandes !

NONANCOURT, à sa fille, lui indiquant le cabinet où est Émile.

Tiens, entre là !

FADINARD, à part

Avec l'Africain... merci !... (Lui barrant le passage.) Non !... pas par là !...

NONANCOURT.

Pourquoi ?

FADINARD.

C'est plein de serruriers.

NONANCOURT, à sa fille.

Alors marche... secoue-toi... ça la fera descendre. (Secouant son pied.) Cristi ! je n'y tiens plus... je vais mettre des chaussons de lisière.

Il se dirige vers le cabinet où est Anaïs

FADINARD, lui barrant le passage.

Non !... pas par là !

NONANCOURT.

A cause ?

FADINARD.

Je vais vous dire... c'est plein de fumistes.

NONANCOURT.

Ah çà! vous logez donc tous les corps d'état?... Alors, filons!... ne nous faisons pas attendre... Bobin, donne le bras à ta cousine... Allons, mon gendre, à la mairie!... (Secouant son pied.) Cristi!

FADINARD, à part.

Et les deux autres qui sont là! (Haut.) Je vous suis... le temps de prendre mon chapeau, mes gants...

ENSEMBLE

NONANCOURT, HÉLÈNE, BOBIN.

AIR : *Cloches, sonnez!* (*Mariée de Poissy.*)

Vite, mon gendre, en carrosse!
Nos huit fiacres nous attendent en bas.
Et l'on dira : « C'est une noce
Comme à Paris l'on n'en voit pas! »

FADINARD.

Allez, montez en carrosse!
Cher beau-père, je suis vos pas.
Je cours rejoindre la noce,
Je descends, vous n'attendrez pas.

HÉLÈNE et BOBIN.

Vite, monsieur, en carrosse, etc.

Nonancourt, Hélène et Bobin sortent par le fond.

SCÈNE VII.

FADINARD, ANAIS, ÉMILE, puis VIRGINIE.

FADINARD, courant vivement vers le cabinet où est la dame.

Venez, madame... vous ne pouvez pas rester chez moi...

1.   2

(Courant au cabinet de gauche.) Allons, monsieur, décampons!...

> Virginie entre en riant par la deuxième porte de gauche. Elle tient à la main le morceau de chapeau de paille emporté par Félix, et ne voit pas les personnages en scène. — Pendant ce temps, Fadinard remonte au fond, pour écouter s'éloigner Nonancourt. Il ne voit pas Virginie.

VIRGINIE, à elle-même.

Ah! ah! ah! c'est comique!

ÉMILE, à part.

Ciel! Virginie!...

ANAÏS, entr'ouvrant la porte.

Ma femme de chambre!... Nous sommes perdus!...

> Elle écoute, ainsi qu'Émile, avec anxiété.

VIRGINIE, à elle-même.

Une dame qui va faire manger son chapeau dans le bois de Vincennes avec un militaire!...

FADINARD, se retournant et l'apercevant; à part.

D'où sort celle-là?

> Il redescend un peu vers la gauche.

VIRGINIE, à elle-même.

Il ressemble à celui de madame... Ça serait drôle tout de même!...

ÉMILE, bas.

Renvoyez cette fille, ou je vous tue!...

VIRGINIE.

Il faut que je sache...

FADINARD, faisant un bond.

Sacrebleu! (Il arrache le morceau de chapeau des mains de Virginie.) Va-t'en!

VIRGINIE, surprise et effrayée en apercevant Fadinard

Monsieur! monsieur!...

FADINARD, la poussant vers la porte du fond.

Va-t'en, ou je te tue!

VIRGINIE, poussant un cri.

Ah !

Elle disparaît.

SCÈNE VIII.

ÉMILE, ANAIS, FADINARD.

FADINARD, revenant.

Quelle est cette créature?... que signifie?... (Soutenant Anais qui entre en chancelant.) Allons! bon!... elle se trouve mal!

Il l'assied à droite.

ÉMILE, allant à elle.

Anaïs!...

FADINARD.

Madame, dépêchez-vous!... je suis pressé!

VOIX DE NONANCOURT, au bas de l'escalier

Mon gendre! mon gendre!

FADINARD.

Voilà! voilà!

ÉMILE.

Un verre d'eau sucrée, monsieur... un verre d'eau sucrée!

FADINARD, perdant la tête.

Voilà! voilà!... sacrebleu! quelle chance!

Il prend ce qu'il faut sur le guéridon et tourne le verre d'eau sucrée.

ÉMILE.

Chère Anaïs!... (A Fadinard brusquement.) Allons donc...
morbleu!

FADINARD, tournant l'eau sucrée.

Ça fond, vertubleu! (A Anaïs.) Madame... je ne voudrais
pas vous renvoyer... mais je crois que, si vous retourniez
chez vous...

ÉMILE.

Eh! monsieur, cela n'est plus possible, maintenant!

FADINARD, étonné.

Ah bah!... comment, plus possible?

ANAÏS, d'une voix altérée.

Cette fille...

FADINARD.

Eh bien, madame?...

ANAIS.

Cette fille est ma femme de chambre... elle a reconnu
le chapeau... elle va raconter à mon mari...

FADINARD.

Un mari?... ah! saprelotte! il y a un mari!...

ÉMILE.

Un jaloux, un brutal.

ANAÏS.

Si je rentre sans ce maudit chapeau... lui qui voit tout
en noir... il pourra croire des choses...

FADINARD, à part.

Jaunes!

ANAÏS, avec désespoir.

Je suis perdue... compromise!... ah! j'en ferai une maladie

FADINARD, vivement.

Pas ici, madame, pas ici!... l'appartement est très-malsain.

VOIX DE NONANCOURT, au bas de l'escalier.

Mon gendre! mon gendre!

FADINARD.

Voilà! voilà!... (Il boit. Revenant à Émile.) Qu'est-ce que nous décidons?

ÉMILE, à Anaïs.

Il faut absolument se procurer un chapeau tout semblable... et vous êtes sauvée!

FADINARD, enchanté.

Eh mais, parbleu!... l'Africain a raison!... (Lui offrant le morceau de chapeau.) Tenez, madame... voici l'échantillon... et en visitant les magasins...

ANAÏS.

Moi, monsieur?... mais je suis mourante!

ÉMILE.

Vous ne voyez donc pas que madame est mourante?... Eh bien,... ce verre d'eau!...

FADINARD, lui offrant le verre.

Voilà... (Le voyant vide.) Ah! tiens! il est bu... (Offrant l'échantillon à Émile.) Mais vous, monsieur... qui n'êtes pas *mourante ?*

ÉMILE.

Moi, monsieur, quitter madame dans un pareil état?...

VOIX DE NONANCOURT.

Mon gendre! mon gendre!

FADINARD.

Voilà!... (Allant poser le verre sur la table.) Mais, sapristi!

1.   2.

monsieur... ce chapeau ne viendra pas tout seul sur la tête de madame!...

EMILE.

Sans doute. Courez, monsieur, courez!

FADINARD.

Moi?...

ANAÏS, se levant très-agitée.

Au nom du ciel, monsieur, partez vite!

FADINARD, se récriant.

Partez vite est joli!... mais je me marie, ma lame... j'ai l'honneur de vous faire part de cet affreux événement.. ma noce m'attend au pied de l'escalier...

ÉMILE, brusquement.

Je me moque bien de votre noce!...

FADINARD.

Lieutenant!

ANAÏS.

Surtout, monsieur, choisissez une paille exactement pareille... mon mari connaît le chapeau.

FADINARD.

Mais, madame...

ÉMILE.

Avec des coquelicots...

FADINARD.

Permettez...

ÉMILE.

Nous l'attendrons ici quinze jours, un mois... s'il le faut...

FADINARD.

De façon qu'il me faut galoper après nn chapeau...
sous peine de placer ma noce en état de vagabondage!
ah! vous êtes gentil!...

ÉMILE, saisissant une chaise.

Eh bien, monsieur, partez-vous?

FADINARD, exaspéré, lui prenant la chaise.

Oui, monsieur, je pars... laissez mes chaises... ne touchez à rien! sapristi! (A lui-même.) Je cours chez la première modiste... Mais, qu'est-ce que je vais faire de mes
huit fiacres?... Et le maire qui nous attend!

Il s'assied machinalement sur la chaise qu'il tenait

VOIX DE NONANCOURT.

Mon gendre! mon gendre!

FADINARD, se levant et remontant.

Je vais tout conter au beau-père!

ANAIS.

Par exemple!

ÉMILE.

Pas un mot... ou vous êtes mort!

FADINARD.

Très-bien!... ah! vous êtes gentils!...

VOIX DE NONANCOURT, qui frappe à la porte.

Mon gendre! mon gendre!!!

ANAÏS et ÉMILE, courant à Fadinard

N'ouvrez pas!

Ils se jettent chacun à droite et à gauche de la porte qui s'ouvre
de façon à ce qu'ils soient cachés par les battants.

SCÈNE IX

FADINARD, ÉMILE et ANAIS, cachés; NONANCOURT
au fond, puis FÉLIX.

NONANCOURT, paraissant à la porte du fond et tenant un pot de
myrte.

Mon gendre tout est rompu!

Il veut entrer.

FADINARD, lui barrant le passage.

Oui... partons!

NONANCOURT, voulant entrer.

Attendez que je dépose mon myrte.

FADINARD, le faisant reculer.

N'entrez pas!... n'entrez pas!

NONANCOURT.

Pourquoi?

FADINARD.

C'est plein de tapissiers!... venez!... venez!

Ils disparaissent tous deux. La porte se referme

ANAÏS, éplorée, se jetant dans les bras d'Émile.

Ah! Émile!

ÉMILE, de même, en même temps.

Ah! Anaïs!

FÉLIX, entrant et les voyant.

Qu'est-ce que c'est que ça?

ACTE DEUXIÈME.

Le théâtre représente un salon de modiste. — A gauche, un comptoir parallèle à la cloison latérale. — Au-dessus, sur une étagère, une de ces têtes en carton dont se servent les modistes. Une capote de femme est placée sur cette tête. — Sur le comptoir, un grand registre, encrier, plumes, etc. — A gauche, porte au troisième plan. — A droite, portes aux premier et deuxième plans. — Porte principale au fond. — Banquettes des deux côtés de cette porte. — Chaises. — On ne voit pas un seul article de modes dans cette pièce, excepté la tête en carton. — C'est un salon de modistes, les magasins sont censés être à côté, dans la pièce du deuxième plan de droite. — La porte du fond ouvre sur une antichambre.

SCÈNE PREMIÈRE.

CLARA, puis TARDIVEAU.

CLARA, parlant à la cantonade, à la porte de gauche, deuxième plan.

Dépêchez-vous, mesdemoiselles!... cette commande est très-pressée... (En scène.) M. Tardiveau n'est pas encore arrivé!... Je n'ai jamais vu de teneur de livres aussi lambin... Il est trop vieux... j'en prendrai un jeune.

TARDIVEAU, entrant par le fond.

Ouf!... me voilà!... je suis en nage...

Il prend un foulard dans son chapeau et s'essuie le front.

CLARA.

Mon compliment, monsieur Tardiveau... vous arrivez de bonne heure.

TARDIVEAU.

Mademoiselle... ce n'est pas ma faute... je me suis levé à six heures... (A part.) Dieu! que j'ai chaud!... (Haut.) J'ai fait mon feu, j'ai fait ma barbe, j'ai fait ma soupe, je l'ai mangée...

CLARA.

Votre soupe!... Qu'est-ce que cela me fait?

TARDIVEAU.

Je ne peux pas prendre de café au lait... ça ne passe pas... et, comme je suis de garde...

CLARA.

Vous?

TARDIVEAU.

Alors, j'ai été ôter ma tunique... parce que, chez une modiste... l'uniforme...

CLARA.

Ah çà, mais, père Tardiveau, vous avez plus de cinquante-cinq ans...

TARDIVEAU.

J'en ai soixante-deux, mademoiselle... pour vous servir.

CLARA, à part.

Merci bien.

TARDIVEAU.

Mais j'ai obtenu du gouvernement la faveur de continuer mon service...

CLARA.

En voilà du dévouement!

TARDIVEAU.

Non! oh! non!... c'est pour me retrouver avec Trouillebert.

CLARA.

Qu'est-ce que c'est que ça?

TARDIVEAU.

Trouillebert?... un professeur de clarinette... alors, nous
nous faisons mettre de garde ensemble, et nous passons
la nuit à jouer des verres d'eau sucrée... C'est ma seule fai-
blesse... la bière ne passe pas.

Il va prendre place dans le comptoir.

CLARA, à part.

Quel vieux maniaque!

TARDIVEAU, à part.

Dieu! que j'ai chaud!... ma chemise est trempée.

CLARA.

Monsieur Tardiveau, j'ai une course à vous donner, vous
allez courir...

TARDIVEAU.

Pardon... j'ai là mon petit vestiaire, et, auparavant, je
vous demanderai la permission de passer un gilet de
flanelle.

CLARA.

Oui, en revenant... Vous allez courir rue Rambuteau,
chez le passementier...

TARDIVEAU.

C'est que...

CLARA.

Vous rapporterez des écharpes tricolores...

TARDIVEAU.

Des écharpes tricolores?...

CLARA.

C'est pour ce maire de province, vous savez...

TARDIVEAU, sortant du comptoir.

C'est que ma chemise est trempée.

CLARA.

Mais allez donc!... vous n'êtes pas parti?

TARDIVEAU.

Voilà! (A part.) Dieu! que j'ai chaud!... je changerai en revenant...

Il sort par le fond.

SCÈNE II.

CLARA, puis FADINARD.

CLARA, seule.

Mes ouvrières sont à l'ouvrage... tout va bien... C'est une bonne idée que j'ai eue de m'établir... Il n'y a que quatre mois, et déjà les pratiques arrivent... Ah! c'est que je ne suis pas une modiste comme les autres, moi!... Je suis sage, je n'ai pas d'amoureux... pour le moment. (On entend un bruit de voitures.) Qu'est-ce que c'est que cela?

FADINARD, entrant vivement.

Madame, il me faut un chapeau de paille, vite, tout de suite, dépêchez-vous!

CLARA.

Un chapeau de...? (Apercevant Fadinard.) Ah! mon Dieu!

FADINARD, à part.

Bigre! Clara!... une ancienne!... et ma noce qui est à la porte! (Haut, tout en se dirigeant vers la porte.) Vous n'en tenez pas?... très-bien... je reviendrai...

CLARA, l'arrêtant,

Ah! vous voilà!... et d'où venez-vous?

FADINARD.

Chut!... pas de bruit... je vous expliquerai ça... J'arrive de Saumur.

CLARA.

Depuis six mois?

FADINARD.

Oui... j'ai manqué la diligence... (A part.) Fichue rencontre!

CLARA.

Ah! vous êtes gentil!... c'est comme ça que vous vous conduisez avec les femmes!

FADINARD.

Chut! pas de bruit!... j'ai quelques légers torts, j'en conviens...

CLARA.

Comment, quelques légers torts?... Monsieur me dit : « Je vais te conduire au château des Fleurs... nous partons... en route, la pluie nous surprend... et, au lieu de m'offrir un fiacre, vous m'offrez... quoi?... le passage des Panoramas.

FADINARD, à part.

C'est vrai... j'ai été assez canaille pour ça.

CLARA.

Une fois là, vous me dites : « Attends-moi, je vais chercher un parapluie... » J'attends, et vous revenez... au bout de six mois... sans parapluie !

FADINARD.

Oh! Clara... tu exagères!... d'abord, il n'y a que cinq

I.   3

mois et demi... quant au parapluie, c'est un oubli... je
vais le chercher...

Fausse sortie.

CLARA.

Du tout, du tout... il me faut une explication !

FADINARD, à part.

Sapristi ! et ma noce qui drogue à l'heure... dans huit
fiacres... (Haut.) Clara, ma petite Clara... tu sais si je t'aime.

Il l'embrasse.

CLARA.

Quand je pense que cet être-là avait promis de m'é-
pouser !...

FADINARD, à part.

Comme ça se trouve ! (Haut.) Mais je te le promets toujours...

CLARA.

Oh ! d'abord, si vous en épousiez une autre... je ferais
un éclat.

FADINARD.

Oh ! oh ! qu'elle est bête !... moi, épouser une autre
femme !... mais la preuve, c'est que je te donne ma pra-
tique... (Changeant de ton.) Ah !... j'ai besoin d'un chapeau
de paille d'Italie... tout de suite... avec des coquelicots.

CLARA.

Oui, c'est ça... pour une autre femme !

FADINARD.

Oh ! oh ! qu'elle est bête !... un chapeau de paille pour...
non, c'est pour un capitaine de dragons... qui veut faire
des traits à son colonel.

CLARA.

Hum ! ce n'est pas bien sûr !... mais je vous pardonne...
à une condition.

FADINARD.

Je l'accepte... dépêchons-nous!

CLARA.

C'est que vous dinerez avec moi.

FADINARD.

Parbleu!

CLARA.

Et vous me conduirez ce soir à l'Ambigu.

FADINARD.

Ah! c'est une bonne idée!... voilà une bonne idée!... J'ai justement ma soirée libre... je me disais comme ça: « Mon Dieu! qu'est-ce que je vais donc faire de ma soirée?.. Voyons les chapeaux!

CLARA.

C'est ici mon salon... venez dans mon magasin et ne faites pas l'œil à mes ouvrières.

Elle entre à droite au deuxième plan. Fadinard va pour la suivre. Nonancourt entre.

SCÈNE III.

FADINARD, NONANCOURT, puis HÉLÈNE, ROBIN, VÉZINET et GENS DE LA NOCE DES DEUX SEXES.

NONANCOURT, entrant et tenant un pot de myrte.

Mon gendre!... tout est rompu!

FADINARD, à part.

Pristi! le beau-père!

NONANCOURT.

Où est monsieur le maire?

FADINARD.

Tout à l'heure... je le cherche... attendez-moi...

Il entre vivement à droite, deuxième plan. Hélène, Bobin, Vésinet
et les gens de la Noce entrent en procession.

CHŒUR

AIR : *Ne tardons pas* (*Mariée de Poissy*).

Parents, amis,
En ce beau jour réunis,
A la mairie
Entrons en cérémonie.
C'est en ces lieux
Que deux cœurs bien amoureux
Vont, des époux,
Prononcer les serments si doux !

NONANCOURT.

Enfin, nous voilà à la mairie !... mes enfants, je vous
recommande de ne pas faire de bêtises... gardez vos gants
ceux qui en ont... quant à moi... (Secouant son pied. A part.)
Cristi ! il est embêtant, ce myrte !... si j'avais su, je l'aurais
laissé dans le fiacre ! (Haut.) Je suis très-ému... et toi, ma
fille ?

HÉLÈNE.

Papa, ça me pique toujours dans le dos.

NONANCOURT.

Marche, ça la fera descendre.

Hélène remonte.

BOBIN.

Père **Nonancourt**, déposez votre myrte.

NONANCOURT.

Non ! je ne m'en séparerai qu'avec ma fille ! (A Hélène avec
attendrissement.) Hélène !...

AIR de la romance de *l'Amandier*.

Le jour même qui te vit naître
J'empotai ce frêle arbrisseau;
Je le plaçai sur la fenêtre,
Il grandit près de ton berceau,
Il poussa près de ton berceau.
Et, lorsque ta mère nourrice
Te donnait à teter le soir... (**Bis.**)
Je lui rendais le même office
Au moyen... de mon arrosoir.
Oui, je fus sa mère nourrice
Au moyen de mon arrosoir.

(S'interrompant et secouant son pied.) Cristi. (Remettant le myrte à Bobin.) Tiens! prends ça... j'ai une crampe!

VÉZINET.

C'est très-gentil ici... (Montrant le comptoir.) Voilà le prétoire... (Montrant le livre.) Le registre de l'état civil... nous allons tous signer là-dessus.

BOBIN.

Ceux qui ne savent pas?

NONANCOURT.

Y feront une croix. (Apercevant la tête en carton.) Tiens! tiens! un buste de femme!... ah! il n'est pas ressemblant!

BOBIN.

Non... celui de Charentonneau est mieux que ça.

HÉLÈNE.

Papa, qu'est-ce qu'on va me faire?

NONANCOURT.

Rien, ma fille... tu n'auras qu'à dire : Oui, en baissant les yeux... et tout sera fini.

BOBIN.

Tout sera fini!... ah!... (Passant le myrte à Vézinet.) Prends
ça, j'ai envie de pleurer...

VÉZINET, qui s'apprêtait à se moucher.

Avec plaisir... (A part.) Diable! c'est que, moi, j'ai envie
de me moucher. (Remettant le myrte à Nonancourt.) Tenez,
père Nonancourt.

NONANCOURT.

Merci! (A part.) Si j'avais su, je l'aurais laissé dans le
fiacre.

SCÈNE IV.

Les Mêmes, TARDIVEAU.

TARDIVEAU, rentrant tout essouffié, entre dans le comptoir.

Dieu! que j'ai chaud! (Il pose sur le comptoir des écharpes
tricolores.) Ma chemise est trempée!

NONANCOURT, apercevant Tardiveau et les écharpes.

Hum! voici monsieur le maire avec son écharpe... gardez
vos gants.

BOBIN, bas.

Mon oncle, j'en ai perdu un...

NONANCOURT.

Mets ta main dans ta poche. (Bobin met la main gantée dans
sa poche.) Pas celle-là, imbécile.

Il les met toutes les deux. Tardiveau a pris un gilet de flanelle
sous le comptoir.

TARDIVEAU, à part.

Enfin, je vais pouvoir changer!

NONANCOURT, prend Hélène par la main et la présente à Tardiveau

Monsieur, voici la mariée... (Bas.) Salue !

Hélène fait plusieurs révérences.

TARDIVEAU, cachant vivement son gilet de flanelle et à part

Qu'est-ce que c'est que ça ?

NONANCOURT.

C'est ma fille.

BOBIN.

Ma cousine...

NONANCOURT.

Je suis son père...

BOBIN.

Je suis son cousin.

NONANCOURT.

Et voilà nos parents. (Aux autres.) Saluez !

Toute la Noce salue.

TARDIVEAU, rend des saluts à droite et à gauche, à part.

Ils sont très-polis... mais ils vont m'empêcher de changer.

NONANCOURT.

Voulez-vous commencer par prendre les noms ?

Il pose son myrte sur le comptoir.

TARDIVEAU.

Volontiers. (Il ouvre le grand livre et dit à part.) C'est une noce de campagne qui vient faire des emplettes.

NONANCOURT.

Y êtes-vous ? (Dictant.) Antoine, Petit-Pierre...

TARDIVEAU.

Les prénoms sont inutiles

NONANCOURT.

Ah! (Aux gens de la Noce.) A Charentonneau, on les demande.

TARDIVEAU.

Dépêchons-nous, monsieur... j'ai extrêmement chaud.

NONANCOURT.

Oui. (Dictant.) Antoine Voiture, Petit-Pierre, dit Nonancourt. (S'interrompant.) Cristi!... Pardonnez à mon émotion... j'ai un soulier qui me blesse... (Ouvrant ses bras à Hélène.) Ah! ma fille...

HÉLÈNE.

Ah! papa, ça me pique toujours.

TARDIVEAU.

Monsieur, ne perdons pas de temps. (A part.) Bien sûr je vais attraper une pleurésie. Votre adresse?

NONANCOURT.

Citoyen majeur.

TARDIVEAU.

Où demeurez-vous donc?

NONANCOURT.

Pépiniériste.

BOBIN.

Membre de la société d'horticulture de Syracuse.

TARDIVEAU.

Mais c'est inutile!

NONANCOURT.

Né à Grosbois, le 7 décembre, nonante-huit.

TARDIVEAU.

En voilà assez! Je ne vous demande pas votre biographie!

NONANCOURT.

J'ai fini... (A part.) Il est caustique, ce maire. (A Vézinet.)
A vous.

Vézinet ne bouge pas.

BOBIN, le poussant.

A vous !

VÉZINET, s'avance majestueusement près du comptoir.

Monsieur, avant d'accepter la mission de témoin...

TARDIVEAU.

Pardon...

VÉZINET, continuant.

Je me suis pénétré de mes devoirs...

NONANCOURT, à part

Où diable est passé mon gendre?

VÉZINET.

Il m'a paru qu'un témoin devait réunir trois qualités...

TARDIVEAU.

Mais, monsieur...

VÉZINET.

La première...

BOBIN, entr'ouvrant la porte de droite, deuxième plan.

Ah ! mon oncle! venez voir.

NONANCOURT.

Quoi donc ?... (Regardant et poussant un cri.) Nom d'un pépin ! !!
Mon gendre qui embrasse une femme...

TOUS.

Oh !

Rumeur dans la Noce.

3.

BOBIN.

Le polisson!

HÉLÈNE.

C'est affreux!

NONANCOURT

Le jour de ses noces!

VÉZINET, qui n'a rien entendu, à Tardiveau.

La seconde est d'être Français... ou tout au moins na-
turalisé.

NONANCOURT, à Tardiveau.

Arrêtez!... Ça n'ira pas plus loin!... Je romps tout...
Biffez, monsieur, biffez! (Tardiveau biffe.) Je reprends ma
fille. — Bobin, je te la donne!

BOBIN, joyeux.

Ah! mon oncle!...

SCÈNE V.

LES MÊMES, FADINARD.

TOUS, en voyant paraître Fadinard

Ah! le voilà!

CHOEUR. — ENSEMBLE.

AIR : *C'est vraiment une horreur* (Tentations d'Antoinette, fin du 3ᵉ ...)

Ah! vraiment c'est affreux!
C'est un trait scandaleux!,
C'est honteux!
Odieux!
Oui, c'est monstrueux!

FADINARD.

Quel courroux orageux!
Qu'ai-je donc fait d'affreux,
De honteux.
D'odieux,
De si monstrueux?

Mais qu'est-ce qu'il y a? Pourquoi avez-vous quitté les fiacres?

NONANCOURT.

Mon gendre, tout est rompu!

FADINARD.

C'est convenu.

NONANCOURT.

Vous me rappelez les orgies de la Régence! fi, monsieur, fi!

BOBIN et LES INVITÉS.

Fi! fi!

FADINARD.

Mais qu'est-ce que j'ai encore fait?

TOUS.

Oh!

NONANCOURT.

Vous me le demandez?... Non!... Tu me le demandes! Quand je viens de te surprendre avec ta Colombine... arlequin!

FADINARD, à part.

Fichtre! il m'a vu! (Haut.) Alors, je ne le nierai pas.

TOUS.

Ah!

HÉLÈNE, pleurant.

Il l'avoue!

BOBIN.

Pauvre cousine ! (Embrassant Hélène.) Fi, monsieur, fi!

FADINARD.

Tenez-vous donc tranquille, vous!... (A Bobin, le repoussant.) On ne marche pas dans les plates-bandes.

BOBIN.

C'est ma cousine!

NONANCOURT.

C'est permis.

FADINARD.

Ah! c'est permis... Eh bien, cette dame que j'ai embrassée est ma cousine aussi.

TOUS.

Ah!!!

NONANCOURT.

Présentez-la-moi... je vais l'inviter à la noce.

FADINARD, à part.

Il ne manquerait plus que ça ! (Haut.) C'est inutile... elle n'accepterait pas... elle est en deuil.

NONANCOURT.

En robe rose?

FADINARD.

Oui, c'est de son mari.

NONANCOURT.

Ah! (A Tardiveau.) Monsieur, je renoue! Bobin, je te la rends.

BOBIN, vexé, à part.

Vieux tourniquet!

NONANCOURT.

Nous pouvons commencer... (Aux autres.) Prenons place.

Toute la Noce s'assied à droite, en face de Tardiveau.

FADINARD, à l'extrême gauche, sur le devant, à part.

Que diable font-ils là?

TARDIVEAU, quittant son grand livre et allant prendre son gilet de flanelle à l'extrémité du comptoir, à part.

Non ! je ne veux pas rester comme ça...

NONANCOURT, à la Noce.

Eh bien, il s'en va?... Il paraît que ce n'est pas ici qu'on marie.

TARDIVEAU, son gilet de flanelle à la main, à part.

Il faut absolument que je change.

Il sort du comptoir, par l'avant-scène.

NONANCOURT, à la Noce.

Suivons monsieur le maire !

Il prend son myrte sur le comptoir, et passe dans le comptoir en suivant Tardiveau. Toute la Noce suit Nonancourt à la file ; Bobin prend le registre, Vézinet, l'écharpe ; d'autres l'encrier, la plume, la règle. Nonancourt donne le bras à sa fille. Tardiveau, se voyant suivi, ne sait ce que cela signifie, et sort précipitamment par la droite, premier plan.

CHŒUR.

AIR : Vite ! que l'on se rende (Tentations d'Antoinette

Puisque ce dignitaire
Daigne guider nos pas,
Suivons monsieur le maire
Et ne le quittons pas !

SCÈNE VI.

FADINARD, puis CLARA.

FADINARD, seul.

Qu'est-ce qu'ils font ?... où vont-ils ?

CLARA, entrant par la droite, deuxième plan.

Monsieur Fadinard !

FADINARD.

Ah ! Clara !...

CLARA.

Dites donc... voici votre échantillon.. Je n'ai rien de pareil à ça.

FADINARD.

Comment !

CLARA.

C'est une paille très-fine... qui n'est pas dans le commerce... Oh ! vous n'en trouverez nulle part, allez !

Elle lui rend le fragment de chapeau

FADINARD, à part.

Sapristi ! me voilà bien !

CLARA.

Si vous voulez attendre quinze jours, je vous en ferai venir un de Florence ?

FADINARD.

Quinze jours !... Petite bûche !

CLARA.

Je n'en connais qu'un semblable à Paris.

FADINARD, vivement.

Je l'achète !

CLARA.

Oui, mais il n'est pas à vendre... Je l'ai monté, il y a huit jours, pour madame la baronne de Champigny.

Clara s'approche du comptoir et range dans le magasin.

FADINARD, à part, se promenant.

Une baronne !... Je ne peux pas me présenter chez elle et lui dire : « Madame, combien le chapeau ?... » Ma foi, tant pis pour ce monsieur et cette dame !... je vais d'abord me marier, et après...

SCÈNE VII.

LES MÊMES, TARDIVEAU, TOUTE LA NOCE.

TARDIVEAU. Il entre très-effaré par la porte du fond, il tient son gilet de flanelle à la main.

Dieu ! que j'ai chaud !

Au même instant, toute la Noce débouche à sa suite. Nonancourt avec son myrte, Bobin portant le registre et Vézinet l'écharpe Tardiveau, en les voyant, reprend sa course et entre à gauche

CHŒUR.

Même chœur que ci-dessus.

Puisque ce dignitaire,
Etc.

CLARA, stupéfaite.

Qu'est-ce que c'est que ça ?

Elle entre à gauche.

FADINARD.

Quel commerce font-ils là ?... Père Nonancourt !

Il va suivre la Noce, lorsqu'il est arrêté par Félix qui entre vivement par le fond.

SCÈNE VIII.

FERDINAND, FÉLIX, puis CLARA.

FÉLIX.

Monsieur, je viens de la maison.

FADINARD, vivement.

Eh bien, ce militaire?...

FÉLIX.

Il jure... il grince... il casse les chaises...

FADINARD.

Sapristi!

FÉLIX.

Il dit que vous le faites poser... que vous deviez être de retour dans dix minutes... mais qu'il vous repincera tôt ou tard quand vous rentrerez...

FADINARD.

Félix, tu es mon domestique, je t'ordonne de le flanquer par la fenêtre.

FÉLIX.

Il ne s'y prêterait pas.

FADINARD, vivement.

Et la dame?... la dame?...

FÉLIX.

Elle a des attaques de nerfs... elle se roule... elle pleure!

FADINARD.

Ça séchera.

FÉLIX.

Alors, on a envoyé chercher le médecin, il l'a fait mettre au lit et il ne la quitte pas.

FADINARD, criant.

Au lit?... où ça, au lit?... dans quel lit?...

FÉLIX.

Dans le vôtre, monsieur!

FADINARD, avec force.

Profanation!... je ne veux pas!... la couche de m... Hélène... que je n'osais pas même étrenner du regard!... et voilà une dame qui vient y rouler ses nerfs!... Va, cours... fais-la lever... tire les couvertures...

FÉLIX.

Mais, monsieur...

FADINARD.

Dis-leur que j'ai trouvé l'objet... que je suis sur la piste!...

FÉLIX.

Quel objet?

FADINARD, le poussant.

Va donc, animal!... (A lui-même.) Il n'y a plus à hésiter... Une malade chez moi, un médecin!... il me faut ce chapeau à tout prix!... dussé-je le conquérir sur une tête couronnée... ou au sommet de l'obélisque!... Oui, mais... qu'est-ce que je vais faire de ma noce?... Une idée!... si je les introduisais dans la colonne!... C'est ça... je dirai au gardien : « Je retiens le monument pour douze heures ; ne laissez sortir personne!... » (A Clara qui rentre étonnée par la gauche, en regardant à la cantonade. — La ramenant vivement sur le devant.) Clara!... vite!... où demeure-t-elle?...

CLARA.

Qui ça?

FADINARD.

Ta baronne!

CLARA.

Quelle baronne?

FADINARD.

La baronne au chapeau, crétine!...

CLARA, se révoltant.

Ah! mais, dites donc!...

FADINARD.

Non!... cher ange!... je voulais dire : cher ange!...
Donne-moi son adresse

CLARA.

M. Tardiveau va vous y conduire... le voici... Mais,
vous m'épouserez?...

FADINARD.

Parbleu!...

SCÈNE IX.

FADINARD, CLARA, TARDIVEAU, puis
TOUTE LA NOCE.

TARDIVEAU, entrant par la gauche, et de plus en plus effaré.

Mais qu'est-ce que c'est que ces gens-là?... Pourquoi
diable me suivent-ils?... Impossible de changer!...

CLARA.

Vite, conduisez monsieur chez la baronne de Champigny.

TARDIVEAU.

Mais, madame...

FADINARD.

Dépêchons-nous... c'est pressé !... (A Tardiveau.) J'ai huit fiacres... prenez le premier...

Il l'entraîne par le fond. Toute la **Noce** débouche par la gauche et s'élance à la suite de Tardiveau et de Fadinard.

CHŒUR.

Même chœur que le précédent.

Puisque ce dignitaire,
Etc.

Clara, voyant emporter son grand livre, **veut** le retenir le rideau tombe.

ACTE TROISIÈME.

Le théâtre représente un riche salon. — Trois portes au fond s'ouvrant sur la salle à manger. — A gauche, une porte conduisant dans les autres pièces de l'appartement. — Sur le devant, une causeuse. — A droite, porte principale d'entrée; plus loin, une porte de cabinet. — Sur le devant, adossé à la cloison, un piano ; ameublement somptueux.

SCÈNE PREMIERE.

LA BARONNE DE CHAMPIGNY,
ACHILLE DE ROSALBA.

Au lever du rideau, les trois portes du fond sont ouvertes, on aperçoit une table splendidement servie.

ACHILLE, entrant par la droite et regardant dans la coulisse.

Charmant! ravissant!... c'est décoré avec un goût!... Regardant au fond.) Et par ici... une table servie!...

LA BARONNE, entrant par la gauche.

Curieux !...

ACHILLE.

Ah çà ! ma chère cousine... vous nous invitez à une matinée musicale, et je vois les préparatifs d'un souper... Qu'est-ce que cela signifie ?

LA BARONNE.

Cela signifie, mon cher vicomte, que j'ai l'intention de garder mes invités le plus longtemps possible... Après le concert, on dînera, et, après le dîner, on dansera... Voilà le programme.

ACHILLE.

Je m'y conformerai... Est-ce que vous avez beaucoup de chanteurs?

LA BARONNE.

Oui ; pourquoi?

ACHILLE.

C'est que je vous aurais priée de me conserver une petite place... j'ai composé une romance...

LA BARONNE, à part.

Aïe !...

ACHILLE.

Le titre est délicieux : *Brise du soir !*

LA BARONNE.

C'est neuf surtout.

ACHILLE.

Quant à l'idée... c'est plein de fraîcheur... on fait les foins... un jeune pâtre est assis dans la prairie...

LA BARONNE.

Certainement... c'est très-gentil... en famille... pendant qu'on fait le wisth... Mais, aujourd'hui, mon cousin... place aux artistes !... Nous aurons les premiers talents, et, parmi eux, le chanteur à la mode, le fameux Nisnardi de Bologne.

ACHILLE.

Nisnardi !... Qu'est-ce que c'est que ça?

LA BARONNE.

Un ténor, arrivé depuis huit jours à Paris, et qui est déjà célèbre... on se l'arrache.

ACHILLE.

Je ne le connais pas.

LA BARONNE.

Ni moi... mais j'y tenais... je lui ai fait offrir trois mille francs pour chanter deux morceaux...

ACHILLE.

Prenez *Brise du soir*... pour rien!

LA BARONNE, souriant.

C'est trop cher... Ce matin, j'ai reçu la réponse du signor Nisnardi... la voici!...

ACHILLE.

Ah! un autographe... voyons!...

LA BARONNE, lisant

« Madame, vous me demandez deux morceaux, j'en chanterai trois... Vous m'offrez mille écus, ce n'est pas assez... »

ACHILLE.

Mazette!...

LA BARONNE, continuant.

« Je n'accepterai qu'une fleur de votre bouquet. »

ACHILLE.

Ah!... c'est délicat!... c'est... tiens! j'en ferai une romance!...

LA BARONNE.

C'est un homme charmant!... Jeudi dernier, il a chanté chez la comtesse de Bray... qui a de si jolis pieds... vous savez?...

ACHILLE.

Oui... Eh bien !...

LA BARONNE.

Devinez ce qu'il lui a demandé ?

ACHILLE.

Dame ! je ne sais pas.... un pot de giroflées ?

LA BARONNE.

Non... un soulier de bal !

ACHILLE.

Un soulier !... Ah ! voilà un original !

LA BARONNE.

Il est plein de fantaisies.

ACHILLE.

Après ça... tant qu'elles ne passeront pas la cheville...

LA BARONNE.

Vicomte !...

ACHILLE.

Dame ! écoutez donc !... un ténor !...

On entend le bruit de plusieurs voitures.

LA BARONNE.

Ah ! mon Dieu !... seraient-ce déjà mes invités ?... Mon cousin, veuillez me remplacer, je ne serai pas longtemps.

Elle sort par la gauche.

SCÈNE II.

ACHILLE, puis UN DOMESTIQUE.

ACHILLE, à la baronne qui sort

Soyez tranquille, belle cousine... comptez sur moi.

UN DOMESTIQUE, entrant par la droite.

Il y a là un monsieur qui demande à parler à madame
la baronne de Champigny.

ACHILLE.

Son nom?

LE DOMESTIQUE.

Il n'a pas voulu le donner... Il dit que c'est lui qui a
eu l'honneur d'écrire ce matin à madame la baronne.

ACHILLE, à part.

Ah! j'y suis... le chanteur, l'homme au soulier, je suis
curieux de le voir... Diable!... il est exact... On voit bien
que c'est un étranger... N'importe!... un homme qui refuse trois mille francs, on doit le combler d'égards... (Au
domestique.) Faites entrer... (A part.) D'ailleurs, c'est un musicien, un confrère...

SCÈNE II.

FADINARD, ACHILLE.

FADINARD, paraissant à droite, très-timidement.

Pardon, monsieur!...

Le domestique sort.

ACHILLE.

Entrez donc, mon cher, entrez donc!...

FADINARD, embarrassé et s'avançant avec force saluts.

Je vous remercie... j'étais bien là... (Il met son chapeau sur
sa tête et l'ôta vivement.) Ah!... (A part.) Je ne sais plus ce
que je fais... ces domestiques... ce salon doré... (Indiquant
la droite.) ces grands portraits de famille qui avaient l'air

de me dire : « Veux-tu t'en aller ! nous ne vendons pas de chapeaux !... » Tout ça m'a donné un trac !...

ACHILLE, le lorgnant, à part.

Il a bien l'air d'un Italien !... Quel drôle de gilet !... (Il rit en le lorgnant.) Eh eh eh !

FADINARD, lui faisant plusieurs saluts.

Monsieur... j'ai bien l'honneur...de vous saluer... (A part.) C'est quelque majordome !...

ACHILLE.

Asseyez-vous donc !...

FADINARD.

Non, merci... je suis trop fatigué... c'est-à-dire... je suis venu en fiacre...

ACHILLE, riant

En fiacre?... c'est charmant !

FADINARD.

C'est plus dur... que charmant.

ACHILLE.

Nous parlions de vous à l'instant !... Ah! mon gaillard ! il paraît que vous aimez les petits pieds?...

FADINARD, étonné.

Aux truffes?...

ACHILLE.

Ah! très-joli !... C'est égal, votre histoire de soulier est adorable... adorable !...

FADINARD, à part.

Ah çà! qu'est-ce qu'il me chante?... (Haut) Pardon... s'il n'y a pas d'indiscrétion, je désirerais parler à madame la baronne...

I.

ACHILLE.

C'est prodigieux, mon cher... vous n'avez pas le moindre accent...

FADINARD.

Oh! vous me flattez...

ACHILLE.

Ma parole! vous seriez de Nanterre...

FADINARD, à part.

Ah çà! qu'est-ce qu'il me chante?... (Haut.) Pardon.. s'il n'y a pas d'indiscrétion, je désirerais parler...

ACHILLE.

A madame de Champigny?... Elle va venir, elle est à sa toilette... et je suis chargé de la remplacer, moi, son cousin, le vicomte Achille de Rosalba.

FADINARD, à part.

Un vicomte!... (Il lui fait plusieurs saluts, à part.) Je n'oserai jamais marchander un chapeau de paille à ces gens-là!...

ACHILLE, l'appelant.

Dites donc?...

FADINARD, allant à lui.

Monsieur le vicomte?...

ACHILLE, s'appuyant sur son épaule.

Qu'est-ce que vous penseriez d'une romance intitulée : *Brise du soir ?*

FADINARD.

Moi?... mais... Et vous?

ACHILLE.

C'est plein de fraîcheur... On fait les foins... un jeune pâtre...

FADINARD, retirant son épaule de dessous le bras d'Achille.

Pardon. . s'il n'y a pas d'indiscrétion, je désirerais parler...

ACHILLE.

C'est juste... Je cours la prévenir... Enchanté, mon cher, d'avoir fait votre connaissance...

FADINARD.

Oh! monsieur le vicomte!... c'est moi... qui...

ACHILLE, sortant

C'est qu'il n'a pas le moindre accent... pas le moindre!...

Il sort à gauche.

SCÈNE IV.

FADINARD, seul.

Enfin, me voici chez la baronne!... Elle est prévenue de ma visite; en sortant de chez Clara, la modiste, je lui ai vite écrit un billet pour lui demander une audience... Je lui ai tout raconté, et j'ai fini par cette phrase que je crois pathétique : « Madame, deux têtes sont attachées à votre chapeau... rappelez-vous que le dévouement est la plus belle coiffure d'une femme!... » Je crois que ça fera bien, et j'ai signé : le comte de Fadinard. Ça ne fera pas mal non plus... parce qu'une baronne... Sapristi! elle met le temps à sa toilette!... et ma diable de noce qui est toujours là, en bas... C'est qu'il n'y a pas à dire, ils ne veulent pas me lâcher... depuis ce matin, je suis dans la situation d'un homme qui se serait posé une place de fiacres... pas sur l'estomac!... c'est très-incommode.. pour aller dans le monde... sans compter le beau-père.. mon porc-épic... qui a toujours le nez à la portière pour me crier : « Mon gendre, êtes-vous bien?... Mon gendre,

quel est ce monument ?... Mon gendre, où allons-nous ?...»
Alors, pour m'en débarrasser, je lui ai répondu: « Au *Veau
qui tête*!... et ils se croient dans la cour de cet établisse-
ment; mais j'ai recommandé aux cochers de ne laisser
monter personne... Je n'éprouve pas le besoin de présenter ma famille à la baronne... Sapristi! elle met le temps
à sa toilette!... si elle savait que j'ai chez moi deux enra-
gés qui disloquent mes meubles... et que, ce soir, peut-
être... je n'aurai pas même une chaise à offrir à ma
femme... pour reposer sa tête... Oui, à ma femme!... Ah!
tiens! je ne vous ai pas dit... un détail!... je suis marié!...
c'est fini!... Que voulez-vous!... le beau-père écumait... sa
fille pleurait et Bobin m'embrassait... Alors, j'ai profité
d'un embarras de voitures pour entrer à la mairie et, de
là, à l'église... Pauvre Hélène!... si vous l'aviez vue avec
son air de colombe!... (Changeant de ton.) Ah! sapristi! elle
met le temps à sa toilette!... Ah! la voici!...

SCÈNE V.

FADINARD, LA BARONNE.

LA BARONNE, entrant par la gauche, en toilette de bal et avec un
bouquet.

Mille pardons, cher monsieur, de vous avoir fait attendre...

FADINARD.

C'est moi, madame, qui suis confus... (Dans son trouble, il
remet son chapeau sur sa tête et l'ôte vivement, à part.) Bien' voilà
mon trac qui me reprend.

LA BARONNE.

Je vous remercie d'être venu de bonne heure... nous
pourrons causer... Vous n'avez pas froid ?

FADINARD, s'essuyant le front.

Merci... je suis venu en fiacre...

LA BARONNE.

Ah! dame! il y a une chose que je ne puis pas vous donner... c'est le ciel de l'Italie.

FADINARD.

Ah! madame!... d'abord, je ne l'accepterais pas... ça me gênerait... et puis ce n'est pas là ce que je suis venu chercher...

LA BARONNE.

Je le pense bien... Quel magnifique pays que l'Italie!

FADINARD.

Ah! oui... (A part.) Qu'est-ce qu'elle a donc à parler de l'Italie?

LA BARONNE.

AIR de *la Fée aux roses*.

Le souvenir retrace à mon âme charmée
Ses palais somptueux, ses monts et ses coteaux...

FADINARD, comme pour lui rappeler le but de sa visite.

Et ses chapeaux!

LA BARONNE.

Et ses bois d'orangers où la brise embaumée
Mêle des chants d'amour aux chansons des oiseaux;
  Son golfe aux tièdes eaux
  Berçant mille vaisseaux;
  Et ses blés d'or si beaux...

FADINARD, de même.

Dont on fait de très-jolis chapeaux..
Que mangent les chevaux

LA BARONNE, étonnée.

Comment?

FADINARD, un peu ému.

Madame la baronne a sans doute reçu le billet que je
lui ai fait l'honneur... non! que je me suis fait l'honneur...
c'est-à-dire que j'ai eu l'honneur de lui écrire?...

LA BARONNE.

Certainement... c'est d'une délicatesse...

Elle s'assied sur la causeuse et fait signe à Fadinard de prendre
une chaise.

FADINARD.

Vous avez dû me trouver bien indiscret...

LA BARONNE.

Du tout.

FADINARD, s'asseyant sur une chaise, près de la baronne

Je demanderai à madame la baronne la permission de
lui rappeler... que le dévouement est la plus belle coiffure
d'une femme.

LA BARONNE, étonnée.

Plaît-il?

FADINARD.

Je dis... le dévouement est la plus belle coiffure d'une
femme.

LA BARONNE.

Sans doute. (A part.) Qu'est-ce que cela veut dire?

FADINARD, à part.

Elle a compris... elle va me remettre le chapeau...

LA BARONNE.

Convenez que c'est une belle chose que la musique!..

ACTE TROISIÈME.

FADINARD.

Hein?

LA BARONNE.

Quelle langue! quel feu! quelle passion!

FADINARD, se montant à froid.

Oh! ne m'en parlez pas! la musique!... la musique!!... la musique!!! (A part.) Elle va me remettre le chapeau.

LA BARONNE.

Pourquoi ne faites-vous pas travailler Rossini, vous?

FADINARD.

Moi? (A part.) Elle a une conversation très-décousue, cette femme-là! (Haut.) Je rappellerai à madame la baronne que j'ai eu l'honneur de lui écrire un billet...

LA BARONNE.

Un billet délicieux et que je garderai toujours!... croyez le bien... toujours... toujours!

FADINARD, à part.

Comment! voilà tout?

LA BARONNE.

Qu'est-ce que vous pensez d'Alboni?

FADINARD.

Rien du tout!... mais je ferai observer à madame la baronne... que, dans ce billet, je lui demandais..

LA BARONNE.

Ah! folle que je suis! (Regardant son bouquet.) Vous y tenez donc beaucoup?

FADINARD, se levant, et avec force.

Si j'y tiens!... Comme l'Arabe à son coursier!

LA BARONNE, se levant.

Oh! oh! quelle chaleur méridionale! (Elle se dirige vers le

piano pour détacher une fleur de son bouquet.) Il y aurait de la cruauté à vous faire attendre plus longtemps...

FADINARD, sur le devant de la scène, à part.

Enfin, je vais le tenir, ce malheureux chapeau! Je pourrai rentrer chez moi... (Tirant sa bourse.) Il s'agit maintenant... Dois-je marchander?... Non! une baronne!... ne soyons pas crasseux!

LA BARONNE, lui remettant gracieusement une fleur.

Voici, monsieur, je paye comptant.

FADINARD, prenant la fleur avec stupéfaction.

Qu'est-ce que c'est que ça?... Un œillet d'Inde!!! Ah çà! elle n'a donc pas reçu ma lettre?... je porterai plainte contre le facteur!...

SCÈNE VI.

FADINARD, LA BARONNE,

INVITÉS DES DEUX SEXES. Les invités entrent par la droite.

CHŒUR

AIR de Nargeot.

LES INVITÉS.

Quel plaisir
De venir
Chez l'amie
Qui nous convie.
Heureux jours
Qui toujours
Auprès d'elle semblent trop courts.

LA BARONNE.

De remplir
Son désir.

Votre amie
Vous remercie.
Heureux jours
Qui toujours
Près de vous me semblent trop courts

Je vous ai promis
Un chanteur exquis,
Saluez, voici
Le fameux Nisnardi.

FADINARD, à part.

Qui, moi, Nisnardi !
Que diable est ceci ?

LA BARONNE.

Rival du grand Rubini !

FADINARD.

Mais non !... quelle erreur !

LA BARONNE, souriant.

Taisez-vous, monsieur !
De Bologne les bravos
Ont des échos.

FADINARD, à part.

Pour rester ici,
Soyons Nisnardi
Au lieu de Fadinardi.

(Parlé.) Je ne le nierai pas, mesdames... je suis Nisnardi !
le grand Nisnardi !... (A part.) Sans ça, on me flanquerait à
la porte.

TOUS, saluant.

Signor !...

LA BARONNE.

En attendant que nous soyons tous réunis pour applau-

dir le rossignol de Bologne... si ces dames voulaient faire
un tour dans les jardins...

REPRISE.

LES INVITÉS.

Quel plaisir,
Etc.

LA BARONNE.

De remplir,
Etc.

FADINARD

Quel plaisir
De courir
Apres des pailles d'Italie !
Le jour
Qu'on se marie
Et qu'on se doit tout à l'amour !

FADINARD, à part.

Au fait, c'est peut-être un moyen. (Allant à la baronne qui
allait sortir avec ses invités par la gauche.) Pardon, madame la
baronne... j'aurais une petite prière à vous adresser...
mais je n'ose...

SCÈNE VI.

FADINARD,

LA BARONNE, puis UNE FEMME DE CHAMBRE.

LA BARONNE.

Parlez ! vous savez que je n'ai rien à refuser au signor
Nisnardi.

FADINARD.

C'est que... ma demande va vous paraître bien fantasque... bien folle...

LA BARONNE, à part.

Ah! mon Dieu, je crois qu'il a regardé mes souliers!...

FADINARD.

Entre nous, voyez-vous, je suis un drôle de corps... Vous savez... les artistes!... et il me passe par la tête mille fantaisies.

LA BARONNE.

Je le sais.

FADINARD.

Ah! tant mieux!... et quand on refuse de les satisfaire... ça me prend ici... à la gorge... je parle comme ça... (Simulant l'extinction de voix.) Impossible de chanter!...

LA BARONNE, à part.

Ah! mon Dieu! et mon concert! (Haut.) Parlez, Monsieur, que vous faut-il? que désirez-vous?

FADINARD.

Ah! voilà!... c'est très-difficile à demander. .

LA BARONNE, à part.

Il me fait peur... il ne regarde plus mes souliers.

FADINARD.

Je sens que, si vous ne m'encouragez pas un peu... c'est tellement en dehors des usages...

LA BARONNE, vivement.

Mon bouquet peut-être?

FADINARD.

Non, ce n'est pas cela... c'est infiniment plus ex entrique...

LA BARONNE, à part.

Comme il me regarde!... Je suis presque fâchée de l'avoir annoncé à mes invités.

FADINARD.

Mon Dieu! que vous avez donc de jolis cheveux!

LA BARONNE, se reculant vivement et à part.

Des cheveux!... par exemple!

FADINARD.

Ils me rappellent un délicieux chapeau que vous portiez hier...

LA BARONNE.

A Chantilly?...

FADINARD, vivement.

Précisément... Ah! le délicieux chapeau! le ravissant chapeau!

LA BARONNE.

Comment, monsieur... c'est cela?

FADINARD, avec feu

AIR : *Quand les oiseaux.*

Oui, je n'osais pas vous le dire!...
Mais, enfin, le mot est lâché!
Après ce chapeau je soupire,
Mon bonheur s'y trouve... accroché
Sous cette coiffure jolie
Mon œil ébloui rencontra
Les traits divins que voilà;
Et je me dis : « Si, pour la vie
L'image doit m'être ravie...
Le cadre au moins me restera!
        A part.
Quel plat madrigal je fais là!
        Haut.
Oui, le cadre me restera!

LA BARONNE, éclatant de rire

Ah! ah! ah!

FADINARD, riant aussi,

Ah! ah! ah! (A part, sérieux.) Je l'aurai!

LA BARONNE.

Je comprends... c'est pour faire pendant au soulier...

FADINARD.

Quel soulier?

LA BARONNE, riant aux éclats.

Ah! ah! ah!

FADINARD, riant.

Ah! ah! ah! (A part, sérieux.) Quel soulier?

LA BARONNE, tout en riant.

Soyez tranquille, monsieur... ce chapeau...

FADINARD.

Ah!

LA BARONNE.

Demain... je vous l'enverrai...

FADINARD.

Non, tout de suite... tout de suite!

LA BARONNE.

Mais cependant...

FADINARD, reprenant son extinction de voix.

Tenez... entendez-vous?... Ma voix... je l'ai dans les talons... Hoù! hoù!

LA BARONNE, agitant vivement une sonnette.

Ah! mon Dieu! Clotilde! Clotilde!... (Une femme de chambre
paraît à droite, la baronne lui dit vivement un mot à l'oreille; elle
sort.) Dans cinq minutes, vous serez satisfait... (Riant.) Je

I.   5

vous demande pardon... Ah! ah!... Mais un chapeau!... c'est si original!... Ah! ah! ah!

Elle sort à gauche en riant.

SCÈNE VIII.

FADINARD, puis NONANCOURT, puis UN DOMESTIQUE.

FADINARD, seul.

Dans cinq minutes, j'aurai décampé avec le chapeau... je laisserai ma bourse en payement. (Riant.) Ah! ah!... je pense au père Nonancourt... doit-il rager dans son fiacre!

NONANCOURT paraît à la porte de la salle à manger ; il a une serviette à la boutonnière et des rubans de diverses couleurs au revers de son habit.

Où diable est donc passé mon gendre?...

FADINARD.

Le beau-père!

NONANCOURT, un peu gris.

Mon gendre, tout est rompu!

FADINARD, se retournant.

Hein?... vous! Qu'est-ce que vous faites là?

NONANCOURT.

Nous dînons.

FADINARD.

Où ça?

NONANCOURT.

Là!

FADINARD, à part.

Sapristi! le dîner de la baronne!

NONANCOURT.

Satané *Veau-qui-tète*!... quelle crâne maison!... j'y reviendrai quelquefois!

FADINARD.

Permettez!...

NONANCOURT.

Mais, c'est égal, votre conduite est celle d'un pas grand · chose!

FADINARD.

Beau-père!...

NONANCOURT.

Abandonner votre femme le jour de la noce, la laisser dîner sans vous!...

FADINARD.

Et les autres?

NONANCOURT.

Ils dévorent!

FADINARD.

Me voilà bien!... je sens une sueur froide...

Il arrache la serviette à Nonancourt et s'en essuie le front.

NONANCOURT.

Je ne sais pas ce que j'ai... je crois que je suis un peu pochard...

FADINARD.

Allons, bien!... Et les autres?

NONANCOURT.

Ils sont comme moi... Bobin s'est jeté par terre en allant

chercher la jarretière... Nous avons ri!... (Secouant son pied.) Cristi!

FADINARD, à part, mettant la serviette dans sa poche.

Que va dire la baronne?... Et ce chapeau qui n'arrive pas!... Si je l'avais, je décamperais...

CRIS, dans la salle à manger.

Vive la mariée! vive la mariée!

FADINARD, remontant au fond.

Voulez-vous vous taire! voulez-vous vous taire!

NONANCOURT, assis sur la causeuse.

Je ne sais pas ce que j'ai fait de mon myrte... Fadinard?

FADINARD, revenant à Nonancourt.

Vous... rentrez... vite!

Il veut le faire lever.

NONANCOURT, résistant.

Non... je l'ai empoté le jour de sa naissance...

FADINARD.

Oui... vous le retrouverez... il est dans le fiacre.

Un domestique, venant de la droite, a traversé la scène avec un candélabre non allumé ; il ouvre la porte du fond et pousse un cri en apercevant la Noce à table.

LE DOMESTIQUE.

Ah!

FADINARD.

Tout est perdu! (Il lâche Nonancourt, qui retombe assis sur la causeuse; il saute à la gorge du domestique et lui arrache son candélabre.) Silence!... tais-toi! (Il le pousse dans un cabinet à droite et l'enferme.) Si tu bouges, je te jette par la fenêtre.

La baronne paraît par la gauche.

SCÈNE IX.

FADINARD, NONANCOURT, LA BARONNE

FADINARD, tenant le candélabre.

La baronne !

LA BARONNE, à Fadinard.

Que faites-vous donc, avec ce candélabre ?

FADINARD.

Moi ?... je... cherche mon mouchoir... que j'ai perdu...

Il se retourne comme pour chercher, on voit son mouchoir à moitié sorti de sa poche.

LA BARONNE, riant.

Mais... vous l'avez dans votre poche...

FADINARD.

Tiens ! c'est vrai... il était dans ma poche.

LA BARONNE.

Eh bien, monsieur... vous a-t-on remis ce que vous désirez ?...

FADINARD, se plaçant devant Nonancourt pour le cacher.

Pas encore, madame... pas encore ! et... je suis pressé !...

NONANCOURT, à lui-même, se levant.

Je ne sais pas ce que j'ai... Je crois que je suis un peu pochard.

LA BARONNE, indiquant Nonancourt.

Quel est ce monsieur ?

FADINARD.

C'est mon... Monsieur m'accompagne...

Il lui donne machinalement le flambeau. Nonancourt le met dans son bras, comme s'il tenait son myrte.

LA BARONNE, à Nonancourt.

Mon compliment... C'est un talent, monsieur que bien accompagner...

FADINARD, à part.

Elle le prend pour un musicien.

NONANCOURT.

Salut, madame et la compagnie... (A part.) C'est une belle femme ! (Bas, à Fadinard.) Elle est de la noce ?

FADINARD, à part.

S'il parle, je suis perdu... Et le chapeau qui ne vient pas !

LA BARONNE, à Nonancourt.

Monsieur est Italien ?

NONANCOURT.

Je suis de Charentonneau...

FADINARD.

Oui... un petit village... près d'Albano.

NONANCOURT.

Figurez-vous, madame, que j'ai perdu mon myrte.

LA BARONNE.

Quel myrte ?

FADINARD.

Une romance... *le Myrte*... c'est très-gracieux !

LA BARONNE, à Nonancourt.

Si monsieur désire essayer le piano ?... C'est un pleyel

NONANCOURT.

Comment que vous dites ?

FADINARD.

Non... c'est inutile...

LA BARONNE, apercevant les rubans à la boutonnière de Nonancourt.

Tiens... ces rubans ?...

FADINARD.

Oui... une décoration.

NONANCOURT.

La jarretière !

FADINARD

C'est ça... l'ordre de la jarretière de... Santo-Campo, Piétro-Néro... (A part.) Dieu ! que j'ai chaud !

LA BARONNE.

Ah ! ce n'est pas joli... J'espère, messieurs, que vous nous ferez l'honneur de diner avec nous ?

NONANCOURT.

Comment donc, madame !... demain !... Pour aujour-d'hui, j'ai ma suffisance...

LA BARONNE, riant.

Tant pis !... (A Fadinard.) Je vais chercher nos invités, qui meurent d'impatience de vous entendre...

FADINARD.

Trop bons !...

NONANCOURT, à part.

Encore des invités !... Quelle crâne noce !...

LA BARONNE, à Nonancourt.

Votre bras, monsieur?

FADINARD, à part.

Oh! me voilà gentil!

NONANCOURT, passant son candélabre au bras gauche et offrant le droit à la baronne, tout en l'emmenant.

Figurez-vous, madame, que j'ai perdu mon myrte...

La baronne et Nonancourt entrent à gauche, Nonancourt tenant toujours le candélabre

SCÈNE X.

FADINARD, puis **UNE FEMME DE CHAMBRE**, avec un chapeau de femme dans un foulard; puis **BOBIN**.

FADINARD, tombant sur un fauteuil.

Patras! On va nous flanquer tous par la fenêtre!...

LA FEMME DE CHAMBRE, entrant.

Monsieur, voilà le chapeau!

FADINARD, se levant.

Le chapeau! le chapeau! (Il prend le chapeau en embrassant la bonne.) Tiens! voilà pour toi... et ma bourse!

LA BONNE, à part

Qu'est-ce qu'il a donc?

FADINARD, tout en ouvrant le foulard.

Enfin, je le tiens! (Il tire un chapeau noir.) Un chapeau noir... en crêpe de Chine! (Il le foule aux pieds. Ramenant la bonne qui sortait.) Arrive ici, petite malheureuse!... L'autre? l'autre?... réponds!

LA BONNE, effrayée.

Ne me faites pas de mal, monsieur!

FADINARD.

Le chapeau de paille d'Italie, où est-il? Je le veux!

LA BONNE.

Madame en a fait cadeau à sa filleule, madame de Beauperthuis.

FADINARD.

Mille tonnerres! C'est à recommencer!... Où demeure-t-elle?

LA BONNE

12... rue de Ménars.

FADINARD.

C'est bien... va-t'en... tu m'agaces... (La bonne ramasse le chapeau et se sauve.) Ce que j'ai de mieux à faire... c'est de filer... La Noce et le beau-père s'arrangeront avec la baronne...

Il va pour sortir à droite.

BOBIN, passant sa tête à la porte de la salle à manger.

Cousin ! cousin !

FADINARD.

Hein ?

BOBIN.

Est-ce qu'on ne va pas danser ?

FADINARD.

Si ! je vais chercher les violons. (Bobin disparaît.) Et maintenant, 12, rue de Ménars...

Il sort vivement.

SCÈNE XI.

LA BARONNE, NONANCOURT, Invités, puis FADINARD et ACHILLE, puis TOUTE LA NOCE.

Nonancourt donne toujours le bras à la baronne et tient toujours le candélabre ; tous les invités les suivent.

CHŒUR.

AIR de la *Valse de Satan.*

Quel plaisir ! nous allons entendre
Ce fameux, ce divin chanteur !
On dit que sa voix douce et tendre
Sait ravir l'oreille et le cœur.

LA BARONNE, aux invités.

Veuillez prendre place... le concert va commencer. (Les invités s'asseyent. A Nonancourt.) Où est donc monsieur Nisnardi?

NONANCOURT.

Je ne sais pas. (Criant.) On demande M. Nisnardi !

TOUS.

Le voici ! le voici !

ACHILLE, ramenant Fadinard.

Comment ! signor, une désertion ?

NONANCOURT, à part.

Lui, Nisnardi ?...

FADINARD, à Achille qui le ramène.

Je ne m'en allais pas... je vous assure que je ne m'en allais pas !...

TOUS.

Bravo ! bravo !

On l'applaudit avec frénésie.

FADINARD, salue à droite et à gauche.

Messieurs... mesdames... (A part.) Pincé sur le marchepied du fiacre !

LA BARONNE, à Nonancourt.

Mettez-vous au piano...

Elle s'assied sur la causeuse auprès d'une dame.

NONANCOURT.

Vous voulez que je me mette au piano ? je vais me mettre au piano.

Il pose le candélabre et s'assied devant le piano. Toute la société est assise à gauche, de manière à ne pas masquer la porte du fond

LA BARONNE.

Signor Nisnardi, nous sommes prêts à vous applaudir..

FADINARD.

Certainement... madame... trop bonne..

QUELQUES VOIX.

Silence !. silence !

FADINARD, près du piano à l'extrême droite.

Quelle position !... Je chante comme une corde à puits...
(Haut, toussant.) Hum ! hum !

TOUS.

Chut! chut !

FADINARD, à part.

Qu'est-ce que je vais leur chanter ? (Haut et toussant.)
Hum! hum !

NONANCOURT.

Faut-y taper ? Je tape !

Il frappe très-fort sur le piano, sans jouer aucun air.

FADINARD, entonnant à pleine voix.

Toi qui connais les hussards de la garde...

CRIS AU FOND.

Vive la mariée !!! (Étonnement de la société. La Noce entonne au
fond l'air du galop autrichien. Les trois portes du fond s'ouvrent. La
Noce fait irruption dans le salon, en criant.) En place pour la
contredanse !

NONANCOURT.

Au diable la musique ! Voilà toute la Noce ! (A Fadinard.)
Vous, allez faire danser votre femme !

FADINARD.

Allez vous promener ! (A part.) Sauve qui peut !

Les invités de la noce s'emparent malgré elles des dames de la société
de la baronne et les font danser. Cris tumulte. Le rideau
tombe.

————

ACTE QUATRIÈME.

Une chambre à coucher chez Beauperthuis. — Au fond, alcôve à rideaux. — Un paravent ouvert au premier plan, à gauche. — Porte d'entrée à droite de l'alcôve. — Autre porte à gauche. — Portes latérales. — Un guéridon à droite, contre la cloison.

SCÈNE PREMIERE.

BEAUPERTHUIS, seul.

Au lever du rideau, Beauperthuis est assis devant le paravent. Il prend un bain de pieds. Une serviette cache ses jambes. Ses souliers sont à côté de sa chaise. Une lampe sur un guéridon. Les rideaux de l'alcôve sont ouverts.

C'est bien drôle!... c'est bien drôle! Ma femme me dit, ce matin, à neuf heures moins sept minutes : « Beauperthuis, je sors, je vais acheter des gants de Suède... » Et elle n'est pas encore rentrée à neuf heures trois quarts du soir. — On ne me fera jamais croire qu'il faille douze heures cinquante-deux minutes pour acheter des gants de Suède... à moins d'aller les chercher dans leur pays natal!... A force de me demander où ma femme pouvait être, j'ai gagné un mal de tête fou... Alors, j'ai mis les pieds à l'eau, et j'ai envoyé la bonne chez tous nos parents, amis et connaissances... — Personne ne l'a vue...

Ah' j'ai oublié de l'envoyer chez ma tante Grosminet...
Anaïs y est peut-être... (Il sonne et appelle.) Virginie! Virginie!

SCÈNE II.

BEAUPERTHUIS, VIRGINIE.

VIRGINIE, apportant une bouilloire.

Voilà de l'eau chaude, monsieur!

BEAUPERTHUIS.

Très-bien!... mets-la là!... Écoute...

VIRGINIE, posant la bouilloire à terre.

Prenez garde, elle est bouillante...

BEAUPERTHUIS.

Te rappelles-tu bien quelle toilette avait ma femme ce matin, quand elle est sortie?...

VIRGINIE.

Sa robe neuve à volants... et son beau chapeau de paille d'Italie.

BEAUPERTHUIS, à lui-même.

Oui... un cadeau de la baronne... sa marraine... Un chapeau de cinq cents francs au moins!... pour aller acheter des gants de Suède!... (Il met de l'eau chaude dans son bain de pieds.) C'est bien drôle!

VIRGINIE.

Le fait est que ce n'est pas ordinaire...

BEAUPERTHUIS.

Bien certainement ma femme est en visite quelque part...

VIRGINIE, à part.

Dans le bois de Vincennes.

BEAUPERTHUIS.

Tu vas aller chez madame Grosminet...

VIRGINIE.

Au Gros-Caillou?

BEAUPERTHUIS.

Je suis sûr qu'elle est là.

VIRGINIE, s'oubliant.

Oh! monsieur, je suis sûre que non...

BEAUPERTHUIS.

Hein?... tu sais donc?...

VIRGINIE, vivement.

Moi, monsieur?... Je ne sais rien... Je dis : « Je ne crois
pas... » C'est que voilà deux heures que vous me faites courir... Je n'en puis plus, moi, monsieur... Le Gros-Caillou...
c'est pas à deux pas...

BEAUPERTHUIS.

Eh bien, prends une voiture... (Lui donnant de l'argent.)
Voilà trois francs... va... cours!

VIRGINIE.

Oui, monsieur... (A part.) J'vas prendre le thé chez la
fleuriste du cinquième.

BEAUPERTHUIS, la voyant.

Eh bien ?

VIRGINIE.

Voilà, monsieur... Je pars!... (A part.) C'est égal! tant
que je n'aurai pas revu le chapeau de paille... Ah! ça
serait amusant tout de même.

                                        Elle sort.

SCÈNE III.

BEAUPERTHUIS, puis FADINARD.

BEAUPERTHUIS, seul.

La tête me part!... J'aurais dû y mettre de la moutarde... (Avec une fureur concentrée.) O Anaïs! si je croyais!...
Il n'est pas de vengeance... pas de supplice que... (On
sonne. — Radieux.) Enfin!... la voici!... Entrez. (On sonne très-
bruyamment.) J'ai les pieds à l'eau... Tu n'as qu'à tourner
le bec... Entre, chère amie!...

FADINARD entre; il est égaré, éreinté, essoufflé.

M. Beauperthuis, s'il vous plaît?...

BEAUPERTHUIS.

Un étranger! Quel est ce monsieur?... Je n'y suis pas...

FADINARD.

Très-bien! c'est vous! (A lui-même.) Je n'en puis plus...
On nous a tous rossés chez la baronne!... moi, ça m'est
égal... mais Nonancourt est furieux. Il veut mettre un article dans les *Débats* contre le *Veau-qui-tète*. Étrange hal-
lucination! (Essoufflé.) Ouf!

BEAUPERTHUIS.

Sortez, monsieur... sortez!

FADINARD, prenant une chaise.

Merci, monsieur... Vous demeurez haut... votre escalier
est raide...

Il vient s'asseoir près de Beauperthuis.

BEAUPERTHUIS, ramenant la serviette sur ses jambes.

Monsieur, on n'entre pas ainsi chez les gens!... Je vous
reitère...

FADINARD, soulevant un peu la serviette.

Vous prenez un bain de pieds? Ne vous dérangez pas... je n'ai que peu de chose à vous dire...

Il prend la bouilloire.

BEAUPERTHUIS.

Je ne reçois pas... je ne suis pas en état de vous écouter!... j'ai mal à la tête.

FADINARD, versant de l'eau chaude dans le bain.

Chauffez votre bain...

BEAUPERTHUIS, criant.

Aïe! (Lui arrachant la bouilloire qu'il repose à terre.) Voulez-vous laisser ça! Que demandez-vous, monsieur? Qui êtes-vous?

FADINARD.

Léonidas Fadinard, vingt-cinq ans, rentier... marié d'aujourd'hui... Mes huit fiacres sont à votre porte.

BEAUPERTHUIS.

Qu'est-ce que ça me fait, monsieur? je ne vous connais pas.

FADINARD.

Ni moi non plus... et je ne désire pas faire votre connaissance... Je veux parler à madame votre épouse.

BEAUPERTHUIS.

Ma femme!... vous la connaissez?

FADINARD.

Pas du tout! mais je sais à n'en pas douter qu'elle possède un objet de toilette dont j'ai le plus pressant besoin... Il me le faut!

BEAUPERTHUIS.

Hein?

FADINARD, se levant.

AIR : *Ces bosquets de lauriers.*

Il me le faut, monsieur... Remarquez bien
Ce que ces mots renferment d'énergie.
Je t'obtiendrai, quel que soit le moyen,
Affreux produit de la belle Italie !
Veut-on le vendre? Eh bien, je le paîrai
Le prix coûtant, plus une forte prime.
Refusez-le?... soit ! je le volerai !
Il me le faut, monsieur... et je l'aurai...
Pour l'avoir, j'irai jusqu'au crime,
Je me vautrerai dans le crime.

BEAUPERTHUIS, à part.

C'est un voleur au bonsoir. (Fadinard se rassied et verse de l'eau chaude. — Criant.) Aïe!... Encore un coup, monsieur, sortez!

FADINARD.

Pas avant d'avoir vu madame...

BEAUPERTHUIS.

Elle n'y est pas.

FADINARD.

A dix heures du soir?... c'est invraisemblable...

BEAUPERTHUIS.

Je vous dis qu'elle n'y est pas.

FADINARD, avec colère.

Vous laissez courir votre femme à des heures pareilles?... ça serait par trop jobard, monsieur!

Il verse énormément d'eau bouillante.

BEAUPERTHUIS.

Aïe! sacrebleu!... je suis ébouillanté!

Il met avec fureur la bouilloire de l'autre côté.

FADINARD, se levant et remportant sa chaise à droite.

Je vois ce que c'est... madame est couchée... mais ça m'est égal... mes intentions sont pures... je fermerai les yeux... et nous traiterons à l'aveuglette cette négociation...

BEAUPERTHUIS, se levant debout dans son bain, et brandissant la bouilloire ; suffoquant de colère.

Monsieur !!!

FADINARD.

Où est sa chambre, s'il vous plaît?

BEAUPERTHUIS.

Je vous brûle la cervelle !

Il lance la bouilloire ; Fadinard pare le coup en fermant le paravent sur Beauperthuis. Les souliers de Beauperthuis se trouvent en dehors du paravent.

FADINARD.

Je vous l'ai dit, monsieur... j'irai jusqu'au crime!...

Il entre dans la chambre, à droite

SCÈNE IV.

BEAUPERTHUIS, dans le paravent; puis NONANCOURT.

BEAUPERTHUIS, qu'on ne voit pas.

Attends un peu, Cartouche!... attends, Papavoine!...

On l'entend se rhabiller.

NONANCOURT, entrant avec son myrte, et boitant.

Qui est-ce qui m'a bâti un malotru de cette espèce! Il monte chez lui, et il nous plante à la porte!... Enfin me voilà chez mon gendre! Je vais pouvoir changer de chaussettes!...

BEAUPERTHUIS, se dépêchant.

Attends... attends-moi!

NONANCOURT.

Tiens! il est là dedans... Il se déshabille... (Apercevant les souliers.) Des souliers! sapristi! quelle chance!... (Il les prend, quitte les siens et met ceux de Beauperthuis. — Avec soulagement.) Ah!... (Il pose ses souliers à la place où il a pris ceux de Beauperthuis.) Ça va mieux!... Et ce myrte que je sens pousser dans mes bras... je vais le poser dans le sanctuaire conjugal...

BEAUPERTHUIS, allongeant le bras et prenant les souliers que Nonancourt a posés.

Mes souliers!...

NONANCOURT, frappant au paravent.

Dis donc, toi... où est la chambre?

BEAUPERTHUIS, dans le paravent.

La chambre!... Oui... un peu de patience! j'ai fini...

NONANCOURT.

Parbleu! je trouverai bien...

Il entre dans la chambre du fond, à gauche de l'alcôve. — Au même instant, Vézinet entre par l'entrée principale.

SCÈNE V.

BEAUPERTHUIS, VÉZINET.

BEAUPERTHUIS.

Cristi! j'ai les pieds enflés... mais ça ne fait rien!... (Il sort du paravent en boitant et saute sur Vézinet, qu'il prend d'abord pour Fadinard, et le saisit à la gorge.) A nous deux, gredin!...

VÉZINET, riant.

Non! non! j'ai assez dansé... je suis fatigué.

BEAUPERTHUIS, stupéfait.

Ce n'est pas celui-là!... c'en est un autre!... Toute une bande!... Où est passé le premier?... Brigand, où est ton capitaine?

VÉZINET, très-aimable.

Merci!... je ne prendrai plus rien... j'ai sommeil.

Bruit d'un meuble qui tombe dans la chambre où est entré Fadinard.

BEAUPERTHUIS.

Il est là!

Il s'élance dans la chambre, à droite.

SCÈNE VI.

VÉZINET, NONANCOURT, HÉLÈNE, BOBIN,
DAMES DE LA NOCE.

VÉZINET.

Encore un invité que je ne connais pas!... Il a sa robe de chambre... Il paraît qu'on va se coucher... Je n'en suis pas fâché!...

Il cherche et regarde dans l'alcôve.

NONANCOURT, revenant. Il a son myrte.

La chambre nuptiale est par là... Mais j'ai réfléchi... j'ai besoin de mon myrte pour mon discours solennel!... (Il le pose sur le guéridon. — S'adressant au paravent.) Rhabillez-vous, mon gendre!... Je vais faire monter la mariée...

VÉZINET, qui a regardé sous le lit.

Pas de tire-bottes !

Bobin, Hélène et les autres dames paraissent à la porte d'entrée,

BOBIN, et LES DAMES.

CHŒUR.

AIR de *Werther.*

C'est l'amour
Dans ce séjour
Qui vous réclame,
Entrez, madame.
Le jour fuit,
Voici la nuit,
Moment bien doux
Pour deux époux !

HÉLÈNE, hésitant à entrer.

Non... je ne veux pas... je n'ose pas...

BOBIN.

Eh bien, ma cousine, redescendons.

NONANCOURT.

Silence, Bobin !... Ton rôle de garçon d'honneur expire
sur le seuil de cette porte...

BOBIN, soupirant.

Hein !

NONANCOURT.

Entre, ma fille... pénètre sans crainte puérile dans le
domicile conjugal...

HÉLÈNE, très-émue.

Est-ce que mon mari... est déjà là ?

NONANCOURT.

Il est dans ce paravent... il se coiffe de nuit.

HÉLÈNE, effrayée.

Oh! je m'en vais...

BOBIN.

Redescendons, ma cousine...

NONANCOURT.

Silence, Bobin!...

HÉLÈNE, très-émue.

Papa... je suis toute tremblante.

NONANCOURT.

Je le conçois... c'est dans le programme de ta situation...
Mes enfants... voici le moment, je crois, de vous adresser
quelques paroles bien senties... — Allons, mon gendre,
passez votre robe de chambre... et venez vous placer à
ma dextre...

HÉLÈNE, vivement.

Oh! non, papa!...

NONANCOURT.

Eh bien! restez dans votre paravent... et veuillez me
prêter une religieuse attention. — Bobin, mon myrte.

Il fait asseoir Hélène.

BOBIN, le prenant sur le guéridon et le lui donnant en pleurnichant.

Voilà!

NONANCOURT, tenant son myrte, et avec émotion.

Mes enfants!... (Il hésite un moment, puis se mouche bruyamment. Reprenant.) Mes enfants...

VÉZINET, à Nonancourt, et à sa droite.

Savez-vous où l'on met le tire-bottes?

NONANCOURT, furieux.

Dans la cave... Allez vous faire pendre!

VÉZINET.

Merci !

Il se remet à chercher.

NONANCOURT.

Je ne sais plus où j'en étais...

BOBIN, pleurnichant.

Vous étiez à: « Dans la cave... allez vous faire pendre ! »

NONANCOURT.

Très-bien ! (Reprenant, et changeant son myrte de bras.) Mes enfants... c'est un moment bien doux pour un père, que celui où il se sépare de sa fille chérie, l'espoir de ses vieux jours, le bâton de ses cheveux blancs... (Se tournant vers le paravent.) Cette tendre fleur vous appartient, ô mon gendre!... Aimez-la, chérissez-la, dorlotez-la... (A part, indigné.) Il ne répond rien, le Savoyard!... (A Hélène.) Toi, ma fille... tu vois bien cet arbuste... je l'ai empoté le jour de ta naissance... qu'il soit ton emblème!... (Avec une émotion croissante.) Que ses rameaux toujours verts te rappellent toujours... que tu as un père... un époux... des enfants!... que ses rameaux... toujours verts... que ses rameaux... toujours verts... (Changeant de ton, à part.) Va te promener!... j'ai oublié le reste!...

Pendant ce discours, Bobin et les dames ont tiré leurs mouchoirs
et sanglotent.

HÉLÈNE, se jetant dans ses bras.

Ah! papa!...

BOBIN, pleurant.

Que vous êtes bête, mon oncle!...

NONANCOURT, à Hélène, après s'être mouché

J'éprouvais le besoin de t'adresser ces quelques paroles bien senties... Maintenant, allons nous coucher.

HÉLÈNE, tremblante.

Papa, ne me quittez pas !

BOBIN.

Ne la quittons pas !

NONANCOURT.

Sois paisible, mon ange... J'ai prévu ton émoi... j'ai stipulé quatorze lits de sangle pour les grands parents. Quant aux petits, ils coucheront dans les fiacres...

BOBIN.

A l'heure !

VÉZINET, tenant un tire-bottes, à Nonancourt

Dites donc... j'ai trouvé un tire-bottes...

NONANCOURT.

Zut!... — Va, ma fille ! (Avec un soupir.) Heue!...

BOBIN, soupirant.

Heue!...

CHŒUR

AIR de *Zampa.*

Elle a sonné l'heure mystérieuse
                              me
Qui du bonheur te   garde les secrets.
                            vous

                              me
Puisse à jamais l'hymen te   rendre heureuse
                              vous

              Et t'épargner
                                les pleurs et les regrets.
              Et vous sauver

Les dames emmènent la mariée dans la chambre à la gauche du fond. — Bobin veut s'élancer; Nonancourt le retient et le fait entrer dans la chambre de droite en lui donnant son myrte. — Vézinet disparaît derrière les rideaux de l'alcôve du fond qui se ferment.

SCÈNE VII.

NONANCOURT, puis FADINARD.

NONANCOURT, regardant le paravent, et avec indignation.

Ah çà! mais... il ne bouge pas, là dedans!... Est-ce que ce monstre-là se serait endormi pendant mon discours? (Il ouvre brusquement le paravent.) Personne! (Le voyant entrer vivement par la porte de gauche, premier plan, que cachait le paravent.) Ah!!!

FADINARD, entre vivement, et parcourt la scène. A lui-même.

Elle n'y est pas... j'ai parcouru tout l'appartement, elle n'y est pas!

NONANCOURT.

Mon gendre... que signifie?...

FADINARD.

Encore vous!... mais vous n'êtes pas un beau-père.. vous êtes un morceau de colle-forte!

NONANCOURT.

Dans ce moment solennel, mon gendre...

FADINARD.

Laissez-moi tranquille!

NONANCOURT, le suivant.

Je crois devoir blâmer l'anachronisme de votre température... vous êtes tiède, mon gendre...

FADINARD, impatienté.

Allez vous coucher.

NONANCOURT.

Oui, monsieur, j'y vais... mais demain, dès l'aube... nous reprendrons cette conversation.

Il entre dans la chambre à droite où est entré Bobin.

SCÈNE VIII.

FADINARD, BEAUPERTHUIS.

FADINARD, se promenant, agité.

Elle n'y est pas!... j'ai fouillé partout! j'ai tout bouleversé... je n'ai rencontré sur ma route qu'une collection de chapeaux de toutes les couleurs... bleu, jaune, vert, gris... l'arc-en-ciel... et pas un fétu de paille!

BEAUPERTHUIS, entrant par la même porte que Fadinard.

Le voilà!... il a fait le tour de l'appartement... ah! je te tiens!...

Il le saisit au collet.

FADINARD.

Lâchez-moi!

BEAUPERTHUIS, cherchant à l'entraîner vers l'escalier.

Ne te défends pas... j'ai un pistolet dans chaque poche..

FADINARD.

Pas possible!...

Tandis que les deux mains de Beauperthuis le tiennent au collet, Fadinard plonge les siennes dans les poches de Beauperthuis, prend les pistolets, et le couche en joue.

BEAUPERTHUIS, le lâchant et reculant effrayé.

A l'assass...

FADINARD, criant.

Ne criez pas... ou je commets un déplorable fait-Paris.

BEAUPERTHUIS.

Rendez-moi mes pistolets...

FADINARD, hors de lui.

Donnez-moi le chapeau... le chapeau ou la vie!...

BEAUPERTHUIS, anéanti et suffoquant.

Ce qui m'arrive là est peut-être unique dans les fastes de l'humanité!... j'ai les pieds à l'eau... j'attends ma femme... et voilà un monsieur qui vient me parler de chapeau et me viser avec mes propres pistolets...

FADINARD, avec force et le ramenant au milieu de la scène.

C'est une tragédie!... vous ne savez pas... un chapeau de paille mangé par mon cheval... dans le bois de Vincennes... tandis que sa propriétaire errait dans la forêt avec un jeune milicien!

BEAUPERTHUIS.

Eh bien?... qu'est-ce que ça me fait?

FADINARD.

Mais vous ne comprenez pas qu'ils se sont incrustés chez moi... à bail de trois, six, neuf...

BEAUPERTHUIS.

Pourquoi cette jeune veuve ne rentre-t-elle pas chez elle?...

FADINARD.

Jeune veuve, plût au ciel! mais il y a un mari!

BEAUPERTHUIS, riant.

Ah bah! ah! ah!

FADINARD.

Une canaille! un gredin! un idiot! qui la pilerait sous ses pieds... comme un frêle grain de poivre.

BEAUPERTHUIS.

Je comprends ça.

FADINARD.

Oui, mais nous le fourrerons dedans... le mari! grâce à vous... gros farceur! gros gueux-gueux! n'est-ce pas que nous le fourrerons dedans?

EAUPERTHUIS

Monsieur, je ne dois pas me prêter...

FADINARD.

Dépêchons-nous... voici l'échantillon...

Il le lui montre

BEAUPERTHUIS, à part, voyant l'échantillon.

Grand Dieu !

FADINARD.

Paille de Florence... coquelicots...

BEAUPERTHUIS, à part.

C'est bien ça ! c'est le sien !... et elle est chez lui... les gants de Suède étaient une craque !

FADINARD.

Voyons... combien ?...

BEAUPERTHUIS, à part.

Oh ! il va se passer des choses atroces... (Haut.) Marchons monsieur.

Il lui prend le bras.

FADINARD.

Où ça ?

BEAUPERTHUIS.

Chez vous !

FADINARD.

Sans chapeau ?

BEAUPERTHUIS.

Silence !

Il écoute vers la chambre où est Hélène

VIRGINIE, entrant par le fond.

Monsieur, je viens du Gros-Caillou... personne !

BEAUPERTHUIS, écoutant.

Silence !

FADINARD, à part.

Grand Dieu ! la bonne de la dame !

VIRGINIE, à part.

Tiens ! le maître de Félix !

BEAUPERTHUIS, à lui-même.

On parle dans la chambre de ma femme... elle est rentrée !... oh ! nous allons voir !... cristi !

Il entre vivement en boitant dans la chambre où est Hélène.

SCÈNE IX.

FADINARD, VIRGINIE.

FADINARD, effaré.

Que viens-tu faire ici, petite malheureuse ?

VIRGINIE.

Comment ! ce que je viens faire ?... je rentre chez mon
maître, donc !

FADINARD.

Ton maître ?... Beauperthuis... ton maître ?...

VIRGINIE.

Qu'est-ce qu'il a ?

FADINARD, à part, hors de lui.

Malédiction !... c'était le mari... et je lui ai tout dit !...

VIRGINIE.

Est-ce que madame ?...

1   6.

FADINARD.

Va-t'en, pécore !... va-t'en, ou je te coupe en tout petits morceaux !... (Il la pousse dehors.) Et ce chapeau que je pourchasse depuis ce matin avec ma noce en croupe... le nez sur la piste, comme un chien de chasse... j'arrive, je tombe en arrêt... c'est le chapeau mangé !...

SCÈNE X.

FADINARD, BEAUPERTHUIS, HÉLÈNE, NONANCOURT, BOBIN, VÉZINET, DAMES DE LA NOCE.

Cris dans la chambre d'Hélène.

FADINARD.

Il va la massacrer... défendons cette infortunée !...

Il va s'élancer, mais la porte s'ouvre, Hélène, en coiffe de nuit, entre tout éplorée suivie des dames de la Noce et de Beauperthuis stupéfait.

LES DAMES, en dehors.

Au secours ! au secours !...

FADINARD, pétrifié.

Hélène !

HÉLÈNE.

Papa ! papa !

BEAUPERTHUIS.

Qu'est-ce que c'est que tout ce monde-là ?... dans la chambre de ma femme !...

Nonancourt sort de la chambre de droite, en bonnet de coton, en bras de chemise, son habit sur le bras et tenant son myrte. Bobin le suit, même costume.

ACTE QUATRIÈME.

NONANCOURT et BOBIN.

Qu'est-ce que c'est ? qu'y a-t-il ?

BEAUPERTHUIS, stupéfait

Encore !...

FADINARD.

Toute la Noce !!! voilà le bouquet !

CHŒUR.

AIR : *Neveu du mercier.*

BEAUPERTHUIS.

Je n'y puis rien comprendre !
D'où sortent ces gens-là ? pourquoi
Viens-je ici de surprendre
Tout ce monde chez moi.

NONANCOURT.

Je n'y puis rien comprendre !
Pourquoi ce bruit, ces cris d'effroi !
Tout est rompu, mon gendre ;
Ne comptez plus sur moi.

FADINARD.

Je n'y puis rien comprendre !
Ils ont le diable au corps, ma foi !
Se faire ici surprendre
Lorsqu'en bas je les croi.

BOBIN.

Je n'y puis rien comprendre
Cousine, d'où vient votre effroi ?
Je saurai vous défendre ;
Comptez, comptez sur moi.

HÉLÈNE.

Je n'y puis rien comprendre !
Ah ! je succombe à mon effroi !
Qui donc pour me surprendre
Osa venir chez moi !

LES DAMES.

Je n'y puis rien comprendre !
Quel est cet étranger ? pourquoi
Ose-t-il la surprendre
Et causer son effroi ?

BEAUPERTHUIS.

Que faisiez-vous là dedans, chez moi ?...

NONANCOURT et BOBIN, avec un cri d'étonnement.

Chez vous ?...

HÉLÈNE et LES DAMES, en même temps.

O ciel !...

NONANCOURT, indigné, donnant une poussée à Fadinar)

Chez lui ?... pas chez toi ?... chez lui ?...

FADINARD, criant.

Beau-père ! vous m'ennuyez !

NONANCOURT, indigné.

Comment! être immoral et sans vergogne... tu nous mènes coucher chez un inconnu ! et tu souffres que ta jeune épouse... chez un inconnu !... Mon gendre, tout est rompu !

FADINARD.

Vous m'agacez !... (A Beauperthuis.) Monsieur, vous daignerez excuser une légère erreur...

NONANCOURT.

Repassons nos habits, Bobin...

BOBIN.

Oui, mon oncle.

FADINARD.

C'est ça!... et filons chez moi... Je passe devant avec ma femme!...

Il va vers elle, Beauperthuis le retient

BEAUPERTHUIS, à voix basse.

Monsieur, la mienne n'est pas rentrée!

FADINARD.

Elle aura manqué l'omnibus.

BEAUPERTHUIS, qui ôte sa robe de chambre et met son habit.

Elle est chez vous.

FADINARD.

Je ne crois pas... la dame qui campe chez moi est une négresse.. la vôtre est-elle négresse?

BEAUPERTHUIS.

Est-ce que j'ai l'air d'un gobe-mouches, monsieur?

FADINARD.

J'ignore cet oiseau.

NONANCOURT.

Bobin, ma manche...

BOBIN.

Voilà, mon oncle.

BEAUPERTHUIS.

Où demeurez-vous, monsieur?

FADINARD.

Je ne demeure pas!...

NONANCOURT.

8, place...

FADINARD, vivement.

Ne lui dites pas!...

NONANCOURT, criant.

8, place Baudoyer!... vagabond!...

FADINARD.

V'lan!...

BEAUPERTHUIS.

Très-bien!

NONANCOURT.

En route, ma fille!

BOBIN.

En route, tout le monde!

BEAUPERTHUIS, à Fadinard, lui prenant le bras.

En route, monsieur!

FADINARD.

C'est une négresse!...

CHŒUR. — ENSEMBLE

AIR final du *Plastron*.

Le soir du mariage,
Se tromper de maison!
C'est un trait, je le gage,
Digne de Charenton

BEAUPERTHUIS.

Ah! du sanglant outrage
Qui fait rougir mon front,
Dans un affreux carnage
Je vais laver l'affront!

FADINARD.

Son œil morne et sauvage
Me donne le frisson!
Dans quel affreux carnage
Va nager ma maison.

Beauperthuis, boitant,

SCÈNE XI

VIRGINIE, VÉZINET.

VIRGINIE, entrant par la porte de gauche, premier plan. Elle tient une tasse sur une soucoupe; entr'ouvrant les rideaux de l'alcôve.

Monsieur! voilà votre bourrache...

VÉZINET, se levant sur son séant.

Merci! je ne prendrai plus rien!

VIRGINIE, jetant un grand cri et laissant tomber la tasse.

Ah!

VÉZINET.

Vous pareillement!

Il se recouche.

ACTE CINQUIÈME

Une place. — Rues à droite et à gauche. — Premier plan, à droite, la maison de Fadinard; une autre maison au deuxième plan. — Premier plan, à gauche, un poste de la garde nationale, avec guérite. — Il est nuit. — La scène est éclairée par un réverbère suspendu à une corde qui traverse le théâtre du premier plan de gauche au troisième plan de droite.

SCÈNE PREMIÈRE.

TARDIVEAU, en garde national; UN CAPORAL, GARDES NATIONAUX.

Un garde national est en faction. Onze heures sonnent. Plusieurs gardes nationaux sortent du poste

LE CAPORAL.

Onze heures!... à qui de prendre la faction?

LES GARDES.

A Tardiveau! à Tardiveau !

TARDIVEAU.

Mais, Trouillebert, j'en ai monté trois dans le jour pour être exempté de cette nuit... le serein m'enrhume.

LE CAPORAL, riant.

Tais-toi donc, farceur! jamais le serein n'enrhuma son

semblable... (Tous rient.) Allons, allons! Arme au bras!
Et nous, messieurs, en patrouille.

CHŒUR.

AIR : *J'aime l'uniforme*.

La ville somme.lle
Et compte sur nous;
La patrouille veille;
Malheur aux filous!

La patrouille sort à droite

SCÈNE II.

TARDIVEAU, puis NONANCOURT, HÉLÈNE, VÉZINET, BOBIN, la Noce.

TARDIVEAU, seul, posant son fusil et son schako dans la guérite et
mettant un bonnet de soie noire, un cache-nez.

Dieu! que j'ai chaud! Voilà pourtant comme on attrape
de mauvais rhumes... Ils font un feu d'enfer là dedans.
J'avais beau répéter à Trouillebert : « Trouillebert, vous
mettez trop de bûches!... » Ah ben, oui! — Et je suis en
moiteur... J'aurais presque envie de changer de gilet de flanelle... (Il défait deux ou trois boutons de son habit et s'arrête.)
Non!... il peut passer des dames! (Étendant la main.) Ah!...
bien!... ah!... très-bien!... voilà la pluie qui recommence!
(Il s'enveloppe dans la capote des factionnaires.) Ah! parfait! parfait! voilà la pluie, à présent!

Il s'abrite dans la guérite. — Toute la Noce entre par la gauche,
avec des parapluies. Nonancourt tient son myrte. Bobin donne
le bras à Hélène. Vézinet n'a pas de parapluie et s'abrite tantôt
sous l'un, tantôt sous l'autre; mais les mouvements des per-
sonnages le laissent toujours à découvert.

1.   7

NONANCOURT, entrant le premier avec son myrte.

Par ici, mes enfants, par ici!... Sautez le ruisseau!

Il saute, toute la Noce suit et saute le ruisseau.

CHŒUR.

AIR des *Deux Cornuchet.*

Ah ! vraiment, c'est atroce!
Quelle affreuse noce!
Où donc nous fait-on courir
Quand nous devrions dormir !

NONANCOURT

Quelle noce ! quelle noce !

HÉLÈNE, regardant autour d'elle

Ah ! papa !... Et mon mari ?

NONANCOURT.

Allons, bon ! nous l'avons encore égaré!

HÉLÈNE.

Je n'en puis plus!

BOBIN.

C'est éreintant !

UN MONSIEUR.

Je n'ai plus de jambes.

NONANCOURT.

Heureusement, j'ai changé de souliers.

HÉLÈNE.

Aussi, papa, pourquoi avez-vous renvoyé les fiacres?

NONANCOURT.

Comment, pourquoi? trois cent soixante-quinze francs, tu trouves que ce n'est pas assez !... Je ne veux pas manger ta dot en cochers de fiacre !

TOUS.

Ah çà !... mais... où sommes-nous ici

NONANCOURT.

Le diable m'emporte si je le sais... J'ai suivi Bobin.

BOBIN.

Du tout, mon oncle, c'est nous qui vous avons suivi.

VÉZINET, à Nonancourt.

Pourquoi nous a-t-on fait lever si tôt ?... Est-ce qu'on va encore s'amuser ?

NONANCOURT.

La faridondaine, oh ! gai ! (Furieux.) Ah ! gredin de Fadinard !

HÉLÈNE.

Il nous a dit d'aller chez lui... place Baudoyer.

BOBIN.

Nous sommes sur une place.

NONANCOURT.

Est-elle Baudoyer ? voilà la question ! (A Vézinet qui s'abrite sous son parapluie.) Dites donc, vous qui êtes de Chaillot, vous devez savoir ça. (Criant.) Est-elle Baudoyer ?

VÉZINET.

Oui, oui, joli temps pour les petits pois.

NONANCOURT, le quittant brusquement.

Au sucre !... Tarare pompon... petit patapon !

Il est près de la guérite.

TARDIVEAU, éternuant.

Atchi !

NONANCOURT.

Dieu vous bénisse !... Tiens !... une sentinelle... Pardon, sentinelle... la place Baudoyer, s'il vous plaît ?

TARDIVEAU.

Passez au large.

NONANCOURT.

Merci!... Et pas un passant... pas même un savoyard d'Auvergnat !

BOBIN.

A onze heures trois quarts !

NONANCOURT.

Attendez ! nous allons savoir... .

Il frappe à une maison, deuxième plan à droite.

HÉLÈNE.

Qu'est-ce que vous faites, papa?

NONANCOURT.

Il faut nous informer... On m'a dit que les Parisiens se faisaient un plaisir d'indiquer leur chemin aux étrangers.

UN MONSIEUR, en bonnet de nuit, en robe de chambre paraissant à la fenêtre.

Qu'est-ce que vous demandez, sacrebleu

NONANCOURT.

Pardon, monsieur... la place Baudoyer, s'il vous plait

LE MONSIEUR.

Attends ! brigand ! scélérat ! canaille !

Il verse un pot à l'eau par la fenêtre et ferme. Nonancourt évite l'eau; Vézinet, qui est sans parapluie, la reçoit sur la tête.

VÉZINET.

Sac à papier ! j'étais sous la gouttière!

NONANCOURT.

Ce n'est pas un Parisien... c'est un Marseillais.

BOBIN, qui est monté sur une borne, au fond, pour lire le rom de la place.

Baudoyer!... mon oncle!... Place Baudover... nous y sommes.

NONANCOURT.

Quelle chance !... Cherchons le numéro 8.

TOUS.

Le voilà... Entrons ! entrons !

NONANCOURT.

Ah! sapristi!... pas de portier ! et mon gueux de gendre ne m'a pas donné la clef !

HÉLÈNE.

Papa, je n'en puis plus... je vais m'asseoir.

NONANCOURT, vivement.

Pas par terre, ma fille... nous sommes en plein macadam.

BOBIN.

Il y a de la lumière dans la maison.

NONANCOURT.

C'est l'appartement de Fadinard... il sera rentré avant nous... (Il frappe et appelle bruyamment.) Fadinard, mon gendre !... (Tous appellent avec lui.) Fadinard !

TARDIVEAU, à Vézinet.

Un peu de silence, monsieur !

VÉZINET, gracieusement.

Trop honnête, monsieur... je me brosserai à la maison.

NONANCOURT, criant.

Fadinard !!!

BOBIN.

Votre gendre se fiche de nous

HÉLÈNE.

Il ne veut pas ouvrir, papa.

NONANCOURT

Allons chez le commissaire.

TOUS.

Oui, oui... chez le commissaire.

CHŒUR

AIR :

Ce gendre nous berne!
O ciel! quelle indignité!
Cherchons la lanterne
Celle de l'autorité!

Ils remontent

SCÈNE III

LES MÊMES, FÉLIX.

FÉLIX, arrivant par la rue de droite.

Ah! mon Dieu!... que de monde!...

NONANCOURT.

Son groom!... Arrive ici, Mascarille.

FÉLIX.

Tiens! c'est la noce de mon maître!... Monsieur, avez-
vous vu mon maître?

NONANCOURT.

As-tu vu mon gueux de gendre?

FÉLIX.

Voilà plus de deux heures que je cours après lui.

NONANCOURT.

Nous nous passerons de lui... Ouvre-nous la porte, Pierrot.

FÉLIX.

Oh! monsieur... impossible... ça m'est bien défendu... la dame est encore là-haut.

TOUS.

Une dame!

NONANCOURT, avec un cri sauvage.

Une dame!!!

FÉLIX.

Oui, monsieur... qui est chez nous... sans chapeau... depuis ce matin... avec...

NONANCOURT, hors de lui.

Assez!... (Il rejette Félix à droite.) Une maîtresse!... un jour de noces...

BOBIN.

Sans chapeau!...

NONANCOURT.

Qui se chauffe les pieds au foyer conjugal.... Et nous, sa femme... nous, ses belles gens... nous flânottons depuis quinze heures avec des myrtes dans nos bras... (Donnant le myrte à Vézinet.) Turpitude! turpitude!

HÉLÈNE.

Papa... papa... je vais me trouver mal...

NONANCOURT, vivement.

Pas par terre, ma fille... tu flétrirais ta robe de cinquante-trois francs! (A tous.) Mes enfants, jetons une malédiction sur cet immonde polisson, et retournons tous à Charentonneau.

TOUS.

Oui, oui!

HÉLÈNE.

Mais, papa, je ne veux pas lui laisser mes bijoux, mes cadeaux de noces.

NONANCOURT.

Ma fille, ceci est d'une femme d'ordre... (A Félix.) Grimpe là-haut, jocrisse... et descends-nous la corbeille, les écrins, tous les bibelots de ma fille.

FÉLIX, hésitant.

Mais, monsieur...

NONANCOURT.

Grimpe!... Si tu ne meurs d'envie que je greffe une de tes oreilles.

Il le pousse dans la maison, à droite, premier plan.

SCÈNE IV

LES MÊMES, hors FÉLIX, puis FADINARD.

HÉLÈNE.

Papa, vous m'avez sacrifiée.

BOBIN.

Comme *Éphigénie!*

NONANCOURT.

Que veux-tu! il était rentier!... voilà ma circonstance atténuante aux yeux de tous les pères... Il était rentier, le capon!

FADINARD, accourant de la gauche, effaré, exténué

Ah! la rate! la rate! la rate!

TOUS.

FADINARD.

Tiens! voilà ma noce! (Faiblissant.) Beau-père je voudrais m'asseoir sur vos genoux?

NONANCOURT, le repoussant.

Nous n'en tenons pas, monsieur!... tout est rompu.

FADINARD, prêtant l'oreille.

Taisez-vous!

NONANCOURT, outré.

Plaît-il?

FADINARD.

Taisez-vous donc, maugrebleu!

NONANCOURT.

Taisez-vous vous-même, sauvageon!

FADINARD, rassuré.

Non! je me trompais... il a perdu mes traces... et puis, ses souliers le gênent... il boite... comme feu Vulcain... Nous avons quelques minutes à nous... pour éviter cet affreux massacre...

HÉLÈNE.

Un massacre!

NONANCOURT.

Quel est ce feuilleton?

FADINARD.

Le chacal a mon adresse... Il va venir, bourré jusqu'à la gueule de poignards et de pistolets... Il faut faire échapper cette dame.

NONANCOURT, avec indignation.

Ah! tu en conviens, Sardanapale!

1.   7.

TOUS.

Il en convient!!(

FADINARD, ahuri.

Plaît-il?

SCÈNE V.

LES MÊMES, FÉLIX, portant la corbeille, des paquets, un carton
à chapeau de femme

FÉLIX.

Voilà les bibelots!

Il les pose à terre.

FADINARD.

Hein?... Qu'est-ce que c'est que ça?

NONANCOURT.

Gens de la noce... que chacun de nous prenne un co-
lis... et opérons le déménagement...

FADINARD.

Comment!... le trousseau de mon Hélène?...

NONANCOURT.

Elle ne l'est plus... Je la remporte avec armes et baga-
ges dans mes pépinières de Charentonneau!...

FADINARD.

M'enlever ma femme... à minuit!... Je m'y oppose!...

NONANCOURT.

Je brave ton opposition!...

FADINARD cherchant à arracher un carton à chapeau dont s'est
emparé Nonancourt.

Ne touchez pa au trousseau!

NONANCOURT, résistant.

Veux-tu lâcher, bigame!... (Il tombe assis.) Ah!... tout est rompu, mon gendre...

Le bas du carton, qui contient le chapeau, est resté dans ses mains, et le couvercle dans celles de Fadinard.

VÉZINET, ramassant le carton.

Prenez donc garde !... un chapeau de paille d'Italie!...

FADINARD, criant.

Hein?... d'Italie?...

VÉZINET, l'examinant.

Mon cadeau de noces... Je l'ai fait venir de Florence... pour cinq cents francs.

FADINARD, tirant son échantillon.

De Florence !... (Lui prenant le chapeau et le comparant à l'échantillon sous le réverbère.) Donnez ça!... Est-il possible!... moi qui, depuis ce matin... et il était... (Étouffant de joie.) Mais, oui... conforme!... conforme!... conforme!... et des coquelicots!... (Criant.) Vive l'Italie!...

Il le remet dans le carton

TOUS.

Il est fou !...

FADINARD, sautant, chantant et embrassant tout le monde.

Vive Vézinet!... vive Nonancourt!... vive ma femme !... vive Bobin!... vive la ligne!...

Il embrasse Tardiveau.

TARDIVEAU, ahuri.

Passez au large !... sac à papier!...

NONANCOURT, pendant que Fadinard embrasse follement tout le monde.

Un chapeau de cinq cents francs!... tu ne l'auras pas, gredin !...

Il tire le chapeau du carton et referme le couvercle.

FADINARD, qui n'a rien vu, passant le cordon du carton à son bras et follement.

Attendez-moi là... je la coiffe... et je la flanque à la porte!... Nous allons rentrer!... nous allons rentrer!...

Il entre éperdument dans la maison.

SCÈNE VI.

Les Mêmes, hors FADINARD, LE CAPORAL, Gardes nationaux.

NONANCOURT.

Aliénation complète!... nullité de mariage!... Bravissimo!... En route, mes amis... cherchons nos fiacres...

Ils remontent et rencontrent la patrouille qui arrive au fond.

LE CAPORAL.

Halte-là, messieurs!... Que faites-vous là avec ces paquets?...

NONANCOURT.

Caporal, nous déménageons...

LE CAPORAL.

Clandestinement!...

NONANCOURT

Permettez, je...

LE CAPORAL.

Silence!... (A Vézinet.) Vos papiers?...

VÉZINET.

Oui, monsieur, oui... cinq cents francs... sans les rubans!...

LE CAPORAL.

Oh! oh!... nous voulons faire le farceur!...

NONANCOURT.

Du tout, caporal... ce malheureux vieillard...

LE CAPORAL.

Vos papiers ?...

Sur un signe qu'il fait, deux gardes nationaux prennent au collet, l'un Nonancourt, et l'autre Bobin.

NONANCOURT.

Par exemple !...

HÉLÈNE.

Monsieur... c'est papa...

LE CAPORAL, à Hélène.

Vos papiers?

BOBIN.

Puisqu'on vous dit que nous n'en avons pas... Nous sommes venus...

LE CAPORAL.

Pas de papiers?... au poste!... vous vous expliquerez avec l'officier.

On les pousse vers le poste.

NONANCOURT.

Je proteste à la face de l'Europe !...

CHŒUR

AIR : *C'est assez de débats. (Petits Moyens.)*

LA PATROUILLE.

Au violon! au violon!
Marchez! pas de rébellion!
Et plus tard nous verrons
S'il faut écouter vos raisons.

LA NOCE.

Quoi! la noce au violon!
Ah! pour nous quel cruel affront!

Soldats, nous protestons !
Écoutez au moins nos raisons.

On les pousse dans le corps de garde. Nonancourt tient toujours le chapeau. Félix, qui se débat, est mis au poste comme les autres. La patrouille
entre avec eux.

SCÈNE VII.

TARDIVEAU, puis FADINARD, ANAIS, ÉMILE.

TARDIVEAU.

La patrouille est rentrée... j'ai bien envie d'aller prendre
mon riz au lait...

Pendant ce qui suit, il ôte sa capote grise, qu'il accroche au fusil,
et met son schako sur la baïonnette, de manière à figurer un
factionnaire au repos.

FADINARD, sortant de la maison avec le carton, suivi d'Anaïs et
d'Émile.

Venez, venez, madame... j'ai trouvé le chapeau... c'est
votre salut... votre mari sait tout... il est sur mes talons...
coiffez-vous et partez !...

Il tient le carton, Anaïs et Émile l'ouvrent, regardent dedans
jettent un grand cri.

TOUS TROIS.

Ah !...

ANAIS.

Ciel !...

ÉMILE, regardant dans le carton.

Vide ! ..

FADINARD, égaré et tenant le carton.

Il y était !... il y était !... c'est mon vieux Bosco de beau-père qui l'a escamoté!... (Se tournant.) Où est-il?... où est ma femme?... où est ma noce?...

TARDIVEAU, en train de s'en aller.

Au poste, monsieur... tout ça au violon...

Il sort à droite.

FADINARD.

Au violon!... ma noce!... et le chapeau aussi!... Comment faire?

ANAÏS, désolée.

Perdue!...

ÉMILE, frappé.

Ah!... j'y vais... j'y vais... je connais l'officier!...

Il entre au poste.

FADINARD, joyeux.

Il connaît l'officier!... nous l'aurons!...

Bruit de voiture à gauche.

BEAUPERTHUIS, dans la coulisse.

Cocher, arrêtez-moi là!...

ANAÏS.

Ciel! mon mari!...

FADINARD

Il a pris un cab..., le lâche!

ANAÏS.

Je remonte chez vous!...

FADINARD.

Arrêtez!... il vient fouiller mon domicile!

ANAÏS, très-effrayée.

Le voici!...

FADINARD, la poussant dans la guérite.

Entrez là!... (A lui-même.) Et l'on appelle ça un jour de noce!...

SCÈNE VIII.

ANAIS, cachée ; FADINARD, BEAUPERTHUIS.

BEAUPERTHUIS, entrant en boitant un peu.

Ah ! vous voilà, monsieur !... vous m'avez échappé...

Il secoue le pied.

FADINARD.

Pour acheter un cigare... Je cherche du feu... Vous n'avez pas de feu?...

BEAUPERTHUIS.

Monsieur, je vous somme d'ouvrir votre domicile... et si je le trouve !... je suis armé, monsieur !...

FADINARD.

Au premier, la porte à gauche, tournez le bouton, s'il vous plaît.

BEAUPERTHUIS, à lui-même.

Cristi !... c'est drôle, j'ai les pieds enflés !

Il entre.

FADINARD, suivant un moment des yeux.

Il y en a un de biche à la porte.

SCÈNE IX

FADINARD, ANAIS, puis ÉMILE, à la fenêtre du poste

ANAÏS, sortant de la guérite.

Je suis morte de peur... où me cacher ?... où fuir ?

FADINARD, perdant la tête.

Rassurez-vous, madame, j'espère qu'il ne vous trouvera pas là-haut !

Une fenêtre du poste s'ouvre à un étage supér...ur.

ÉMILE, à la fenêtre.

Vite ! vite ! voici le chapeau !

FADINARD.

Nous sommes sauvés... le mari est là... jetez ! jetez !

Émile lance le chapeau qui reste accroché au réverbère.

ANAÏS, jetant un cri.

Ah !

FADINARD.

Sapristi !

Il saute avec son parapluie pour le décrocher mais ne peut y atteindre. — On entend dégringoler dans l'escalier de Fadinard et Beauperthuis crier.

BEAUPERTHUIS, dans l'escalier.

Sacrrredié ! ! !

ANAÏS, effrayée.

C'est lui !

FADINARD, vivement.

Saprelotte ! (Il jette la capote grise de garde national sur les épaules d'Anaïs, rabat le capuchon sur sa tête, et lui met le fusil entre les mains.) De l'aplomb ! s'il approche, croisez... ette ! passez au large !

ANAÏS.

Mais ce chapeau... il va le voir !

SCÈNE X

ANAIS, en faction ; **FADINARD, BEAUPERTHUIS**
puis **ÉMILE**, puis **TARDIVEAU**.

FADINARD, courant au-devant de Beauperthuis et l'abritant sous
son parapluie pour l'empêcher de voir le chapeau de paille qui se
balance au-dessus de sa tête.

Prenez garde, vous allez vous mouiller.

BEAUPERTHUIS, boitant encore plus fort.

Le diable emporte votre escalier sans quinquet!

FADINARD.

On éteint à onze heures.

ÉMILE, sortant du poste, bas.

Occupez le mari!

Il va au fond, à droite, monte sur une borne et s'occupe à scier
la corde avec son épée.

BEAUPERTHUIS.

Lâchez-moi donc!... il ne pleut plus... il y a des étoiles!

Il veut regarder en l'air.

FADINARD, le couvrant avec le parapluie.

C'est égal... vous allez vous mouiller.

BEAUPERTHUIS.

Mais, parbleu! monsieur... je suis un bien grand imbécile...

FADINARD

Oui, monsieur.

Il élève le parapluie très-haut et saute pour décrocher le chapeau
et, comme il tient le bras de Beauperthuis, ce mouvement fait
sauter Beauperthuis malgré lui.

BEAUPERTHUIS.

Vous l'avez fait sauver...

FADINARD.

Pour qui me prenez-vous?

Il saute de nouveau.

BEAUPERTHUIS.

Qu'avez-vous donc à sauter, monsieur?

FADINARD.

Des crampes... ça vient de l'estomac.

BEAUPERTHUIS.

Parbleu! je vais interroger ce factionnaire...

ANAÏS, à part.

Dieu!

FADINARD, le retenant brusquement.

Non, monsieur... c'est inutile. (A part, regardant Émile.) Bravo!... il scie la corde... (Haut.) Il ne répondra pas... il est défendu de parler sous les armes!

BEAUPERTHUIS, cherchant à se dégager.

Mais lâchez-moi donc!

FADINARD.

Non... vous allez vous mouiller.

Il le couvre plus que jamais et saute.

TARDIVEAU, revenant de la droite et stupéfait de voir un factionnaire.

Un factionnaire à ma place!

ANAÏS

Passez au large!

BEAUPERTHUIS.

Hein!... cette voix!

FADINARD, mettant le parapluie en travers

Un conscrit!

TARDIVEAU, apercevant le chapeau.

Ah!... qu'est-ce que c'est que ça?

BEAUPERTHUIS.

Quoi?

Il écarte le parapluie et leve la tête.

FADINARD.

Rien!

Il lui enfonce son chapeau sur les yeux. Au même instant la corde
est coupée. Le réverbère tombe.

BEAUPERTHUIS.

Ah!

TARDIVEAU, criant.

Aux armes! aux armes!

FADINARD, à Beauperthuis.

Ne faites pas attention... c'est le réverbère en tombant.

Ici les gardes nationaux sortent du poste. Des gens paraissent aux
fenêtres avec des lumières. — Pendant le chœur, Fadinard dé-
croche le chapeau et le donne à Anaïs, qui le met sur sa tête.

CHŒUR.

AIR : *Vivent les hussards d'Berchini (Tentations d'Antoinette, acte 2).*

Quel bruit! quel vacarme infernal!
Qui fait cet affreux bacchanal?
C'est indécent! c'est illégal!
Dressons procès-verbal!

Après le chœur, Beauperthuis est parvenu à retirer son feutre.
de dessus ses yeux

BEAUPERTHUIS

Mais, encore une fois, messieurs...

ANAÏS, le chapeau sur la tête, s'approchant, les bras croisés et avec
dignité.

Ah! je vous trouve donc enfin, monsieur!...

BEAUPERTHUIS, pétrifié.

Ma femme!...

ANAÏS.

Voilà donc la conduite que vous menez?...

BEAUPERTHUIS, à part.

Elle a le chapeau!

ANAÏS.

Vous colleter dans les rues, à une pareille heure!..

BEAUPERTHUIS.

Paille de Florence!

FADINARD.

Et des coquelicots...

ANAÏS.

Me laisser rentrer seule... à minuit, quand, depuis ce
matin, je vous attends chez ma cousine Éloa...

BEAUPERTHUIS.

Permettez, madame, votre cousine Éloa...

FADINARD.

Elle a le chapeau!

BEAUPERTHUIS.

Vous êtes sortie pour acheter des gants de Suède.. On
ne met pas quatorze heures pour acheter des gants de
Suède...

FADINARD.

Elle a le chapeau!

ANAÏS, à Fadinard.

Monsieur, je n'ai pas l'avantage...

FADINARD, saluant.

Moi non plus, madame, mais vous avez le chapeau ! (S'adressant aux gardes nationaux.) Madame a-t-elle le chapeau ?

LES GARDES NATIONAUX et LES GENS AUX FENÊTRES.

Elle a le chapeau ! elle a le chapeau !

BEAUPERTHUIS, à Fadinard.

Mais pourtant, monsieur, ce cheval du bois de Vincennes...

FADINARD.

Il a le chapeau !

NONANCOURT, paraissant à la fenêtre du poste.

Très-bien, mon gendre !... Tout est raccommodé !

FADINARD, à Beauperthuis.

Monsieur, je vous présente mon beau-père !

NONANCOURT, de la fenêtre.

Ton groom nous a conté l'anecdote !... C'est beau... c'est chevaleresque !... c'est français !... Je te rends ma fille, je te rends la corbeille, je te rends mon myrte... Tire-nous des cachots !

FADINARD, s'adressant au caporal.

Monsieur, y aurait-il de l'indiscrétion à vous réclamer ma Noce ?

LE CAPORAL.

Avec plaisir, monsieur. (Criant.) Lâchez la Noce !

Toute la Noce sort du poste.

CHŒUR.

AIR : *C'est l'amour* (acte 4).

Fadinard brise nos fers!
Nous sommes fiers
De sa belle âme!
Que sa femme
Et ses amis
Embrassent tous ces Amadis!!

Pendant le chœur, la Noce entoure et embrasse Fadinard.

VÉZINET, reconnaissant le chapeau sur la tête d'Anaïs

Oh! mon Dieu! mais cette dame...

FADINARD, très-vivement.

Otez-moi ce sourd de là!

BEAUPERTHUIS, à Vézinet.

Quoi, monsieur?

VÉZINET.

Elle a le chapeau!

BEAUPERTHUIS.

Allons, je suis dans mon tort!... Elle a le chapeau!

Il baise la main de sa femme.

CHŒUR

AIR final de *la Tour d'Ugolin*.

Heureuse journée,
Charmant hyménée!
S
M on âme étonnée
Bénit le destin.
Grâce au mariage
Dont le nœud l'
m engage,
Ce couple, je gage,
J'aurai l'avantage
De
Va dormir enfin!

VÉZINET.

AIR nouveau d'Hervé.

Quelle noce charmante !

FADINARD.

Ah ! oui !... c'était divin
Mais les plus doux plaisirs doivent avoir leur fin.
Allons tous nous coucher.

NONANCOURT, tenant son myrte.

Je vote la mesure !

FADINARD, prenant le bras de sa femme.

Viens, mon ange, au cœur... d'oranger
Et puisses-tu, témoin de ma triste aventure,
A mon chef marital ne jamais adjuger
Un chapeau... qu'un cheval ne pourrait pas manger.

TOUS.

A son chef marital,
Etc.

FIN D'UN CHAPEAU DE PAILLE D'ITALIE.

ÉMILE COLIN, IMPRIMERIE DE LAGNY (S.-a-M.)

DERNIÈRES PIÈCES PARUES

IMPRIMERIE CHAIX, RUE BERGÈRE, 20, PARIS. — 1728-1-02. — (Encre Lorilleux)

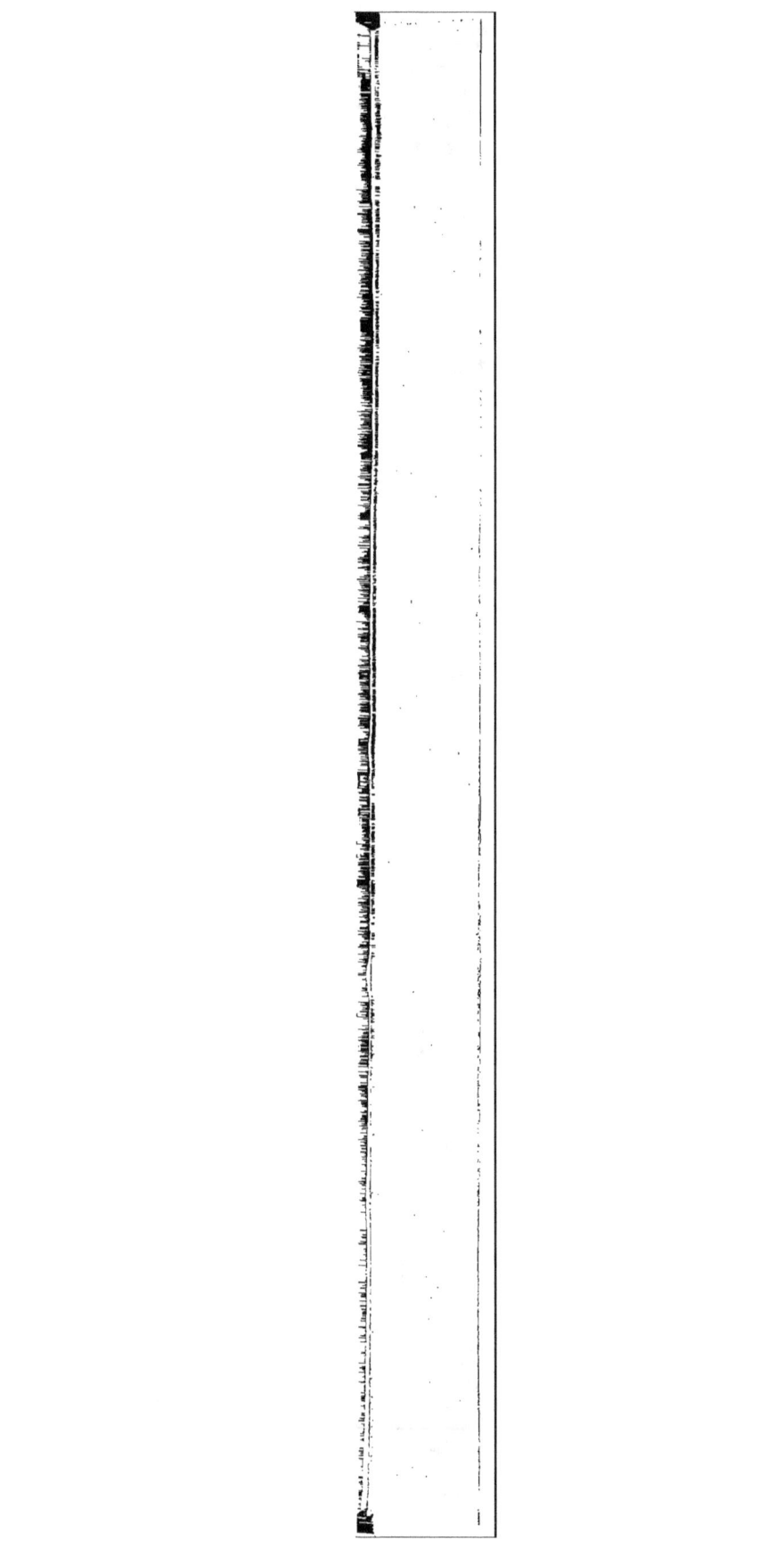

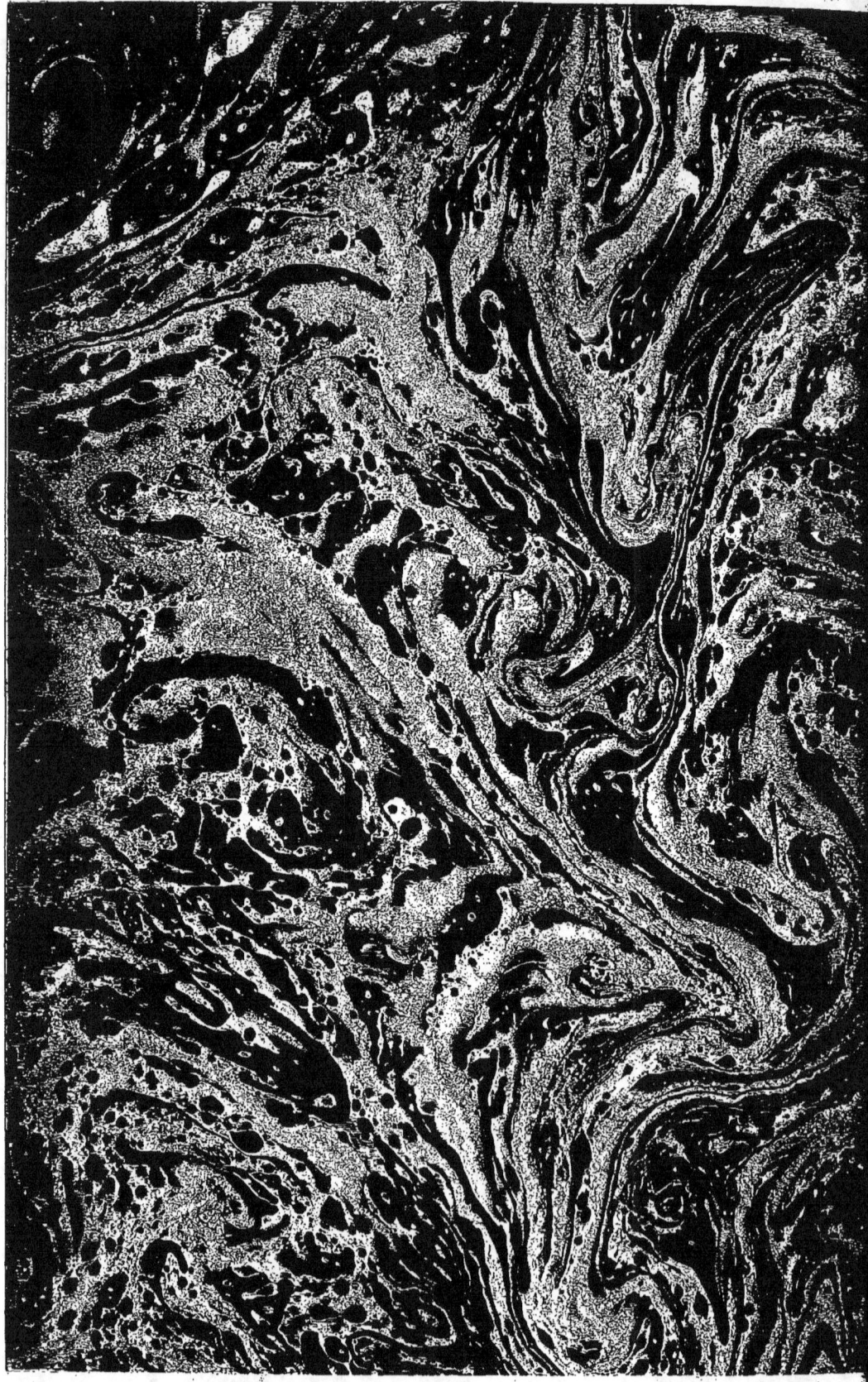

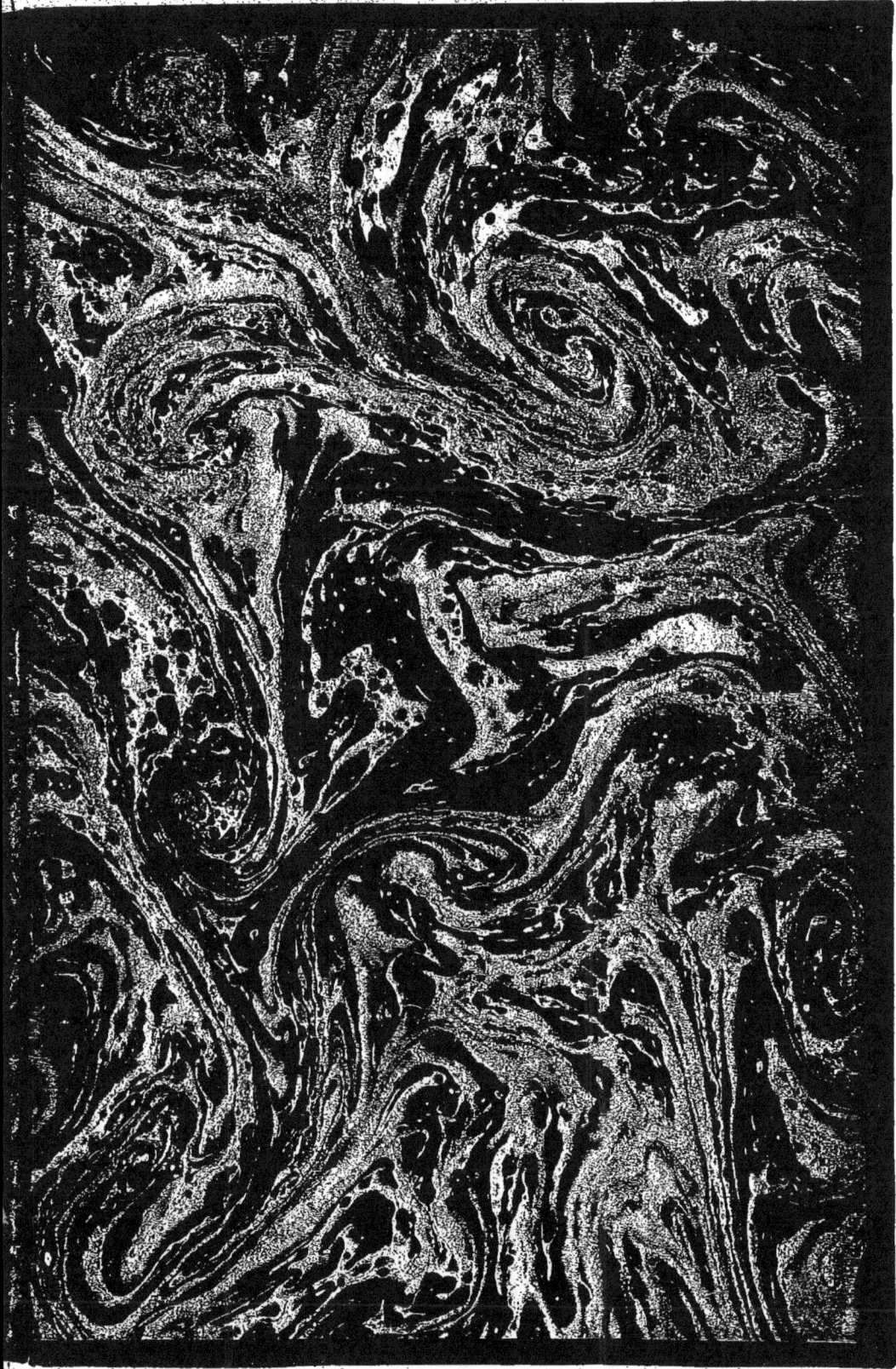

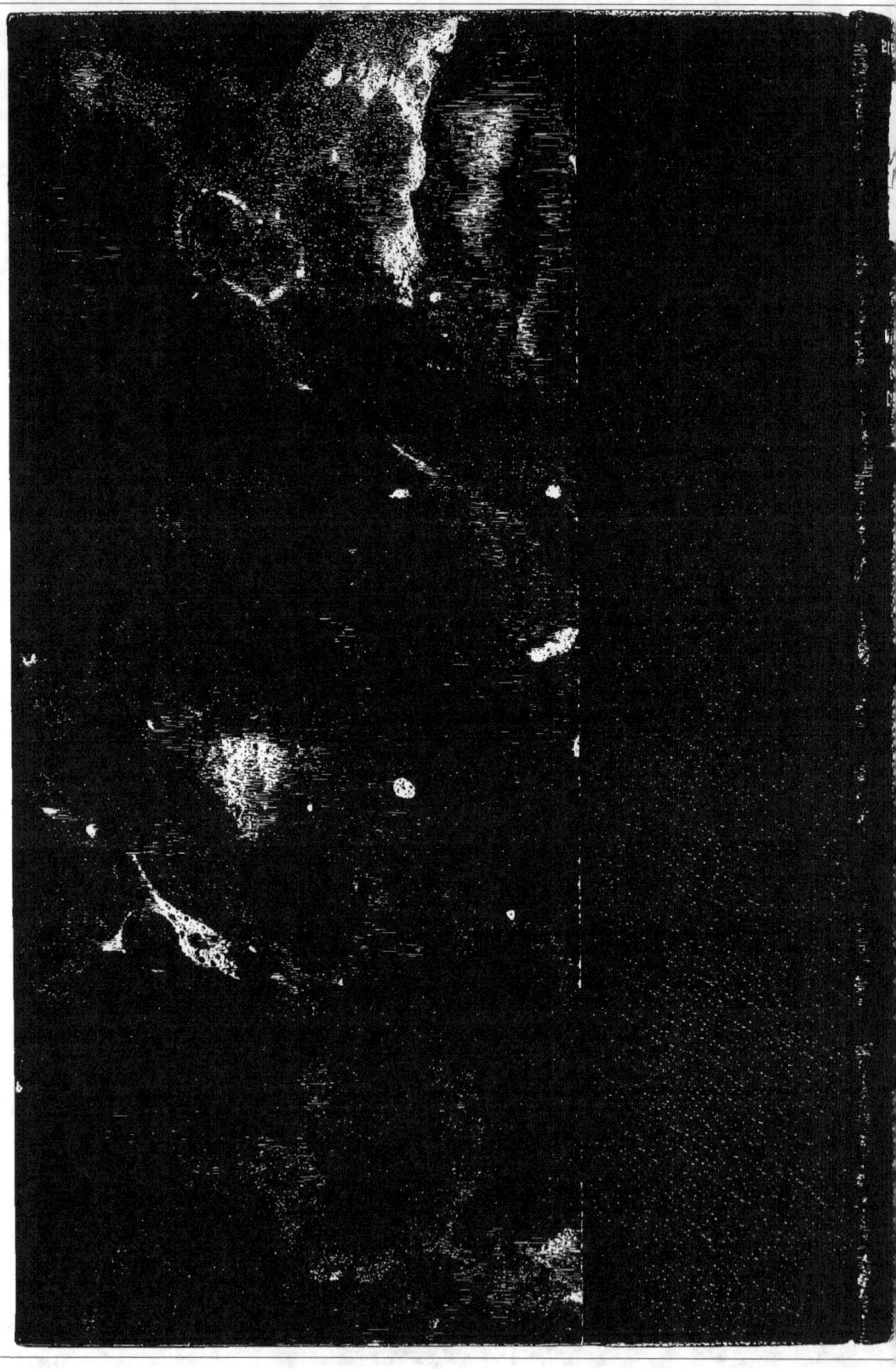

E. LABICHE
ET
MARC-MICHEL

UN CHAPEAU
DE PAILLE
D'ITALIE

PARIS